P9-EJZ-535

El hombre lobo de White Pine
y otros misterios

Volumen 1

Para Melanie, que encontró los misterios de Max
cuando todavía no existían
y me ayudó a adentrarme en cada giro
de la trama a lo largo del camino.

\- Liam

PANAMERICANA
EDITORIAL

O'Donnell, Liam
    El hombre lobo de White Pine y otros misterios / Liam O'Donnell ; ilustrador Michael Cho ; traductora Adriana Delgado. -- Editor Leonardo Realpe
    Bolaños. -- Bogotá : Panamericana Editorial, 2014.
    96 páginas : ilustraciones ; 23 cm. -- (Literatura juvenil)
    Título original: Max Finder Mystery Collected Casebook Volume 1.
    ISBN 978-958-30-4369-7
    1. Novela gráfica canadiense 2. Hombres lobo - Novela juvenil 3. Novela
de suspenso 4. Misterios - Novela gráfica I. Cho, Michael, ilustrador II. Delgado,
Adriana, traductora III. Realpe Bolaños, Leonardo, editor IV. Tít. V. Serie.
741.5 cd 21 ed.
A1430487

    CEP-Banco de la República-Biblioteca Luis Ángel Arango

Primera edición en Panamericana
Editorial Ltda., septiembre de 2014
Título original: *Max Finder Mystery Collected Casebook Volume 1*
Edición en español publicada con autorización
de: Owlkids Books Inc., 10 Lower Spadina
Avenue, Suite 400, Toronto, Ontario, Canadá,
M5V 2Z2
Copyright© 2006
© 2014 Panamericana Editorial Ltda.,
de la versión en español
Calle 12 No. 34-30, Tel.: 3649000
Fax: (571) 2373805
www.panamericanaeditorial.com
Bogotá D. C., Colombia

Editor
Panamericana Editorial Ltda.
Edición en español
Leonardo Realpe Bolaños
Textos
© Liam O'Donnell, 2006
Ilustraciones
© Michael Cho, 2006
Traducción del inglés
Adriana Delgado
Diagramación
Precolombi EU-David Reyes

ISBN 978-958-30-4369-7

Impreso por Panamericana Formas e Impresos S. A.
Calle 65 No. 95-28, tels.: 4302110 - 4300355, fax: (571) 2763008
Bogotá D. C., Colombia
Quien solo actúa como impresor.
Impreso en Colombia-*Printed in Colombia*

Max Finder
CASOS MISTERIOSOS

El hombre lobo de White Pine
y otros misterios

Liam O'Donnell

Michael Cho

Contenido

Casos

Contenido

Acertijos

Información adicional

Colección
de casos

HOLA, FANÁTICO DEL MISTERIO!

Bienvenido a la primera colección de casos misteriosos de Max Finder. Alison y yo estamos muy emocionados de presentarte diez de los mejores casos que han sucedido en nuestra ciudad natal, Whispering Meadows.

Desde el caso de la tarjeta de básquetbol hasta el del hombre lobo de White Pine, todos los cómics de este volumen están llenos de suficientes indicios, sospechosos y pistas falsas como para mantenerte especulando hasta el final. Nosotros ya hicimos todo el trabajo, pero ahora te toca a ti desentrañar los misterios. Lee cada uno, sigue las pistas y trata de resolver los casos. Todas las soluciones están al final del libro, pero recuerda: los detectives de verdad nunca echan un vistazo a las respuestas, sino que tratan de encontrarlas por sí mismos.

¡Entonces, prende el radar y a resolver casos!

Max

Posdata: ¡No olvides echarles un vistazo a los acertijos adicionales y a los perfiles de los personajes!

El caso de la

TARJETA DE BÁSQUETBOL

Max Finder
CASOS MISTERIOSOS

Max | Alison

EN

El caso de la
tarjeta de básquetbol

¿Sabías que el canadiense James Naismith inventó el básquetbol en 1891? Dato de Max Finder, detective de secundaria. El equipo masculino de básquetbol jugaba el primer partido de la temporada, pero por la manera como el entrenador Sweeny saltaba se habría podido pensar que era la final del campeonato.

¡TIEMPO FUERA!

Meteoros
Local | 4 | Visitante
2 | 7 3

ETHAN, ¿ESTÁS BIEN? PARECES ESTAR DISTRAÍDO.

SOLO ESTÁ CANSADO DE ALARDEAR DE SU PRECIADA TARJETA DE VINCE MCGRADY.

Ethan anotó un par de cestas que hicieron tomar la delantera al equipo. Sin embargo, no sirvieron para impresionar a Crystal Diallo.

Vince McGrady es una estrella del básquetbol. Ethan Webster, el capitán del equipo, llevó a la escuela su reluciente tarjeta de colección de McGrady, que estaba en perfecto estado, y quería presumir de ella.

LOS BASQUETBOLISTAS SON UNOS COMPLETOS IDIOTAS. VÁMONOS DE AQUÍ.

YO TAMBIÉN YA TUVE SUFICIENTE DE ETHAN Y SUS GORILAS BASQUETBOLISTAS.

No podía culpar a Leo. Cuando Ethan no estaba jugando básquetbol, le gustaba molestar a niños más pequeños que él, como Leo.

En el cuarto periodo, Josh "Bronco" Spodek se torció el brazo. El entrenador Sweeny lo acompañó fuera del gimnasio para ir en busca de hielo. El apodo de Bronco se debe a que tiene la voz muy ronca.

Gracias a Ethan, el equipo ganó el partido, pero él estaba muy preocupado para celebrar.

¡MAX FINDER, ALGUIEN SE ROBÓ A **VINCE MCGRADY**!

ANTES DEL PARTIDO PUSE MI TARJETA DE VINCE MCGRADY DENTRO DE MI MOCHILA, PERO CUANDO REGRESÉ AL CAMERINO. ¡LA TARJETA HABÍA DESAPARECIDO!

PROBABLEMENTE ALGUIEN ENTRÓ A HURTADILLAS AL CAMERINO DE LOS JUGADORES DURANTE EL PARTIDO Y LA TOMÓ.

ESO TE PASA POR ALARDEAR.

CIERRA EL PICO, BRONCO, O VAS A TENER MÁS QUE UN BRAZO FRACTURADO POR EL CUAL LLORAR.

¡NECESITO RECUPERAR ESA TARJETA!

NO TE PREOCUPES, ETHAN. AVERIGUAREMOS QUIÉN LA ROBÓ.

Todos estuvimos de acuerdo en empezar la investigación al día siguiente después de clases.

NUNCA PENSÉ QUE BRONCO DEJARÍA PASAR UNA OPORTUNIDAD DE IR A SU TIENDA DE CÓMICS FAVORITA.

ME DIJO QUE LE DUELE MUCHO EL BRAZO, INCLUSO COMO PARA TOMAR UNA TARJETA. SU MAMÁ QUIERE QUE SE QUEDE EN CASA TODO EL FIN DE SEMANA.

En la tienda de cómics, preguntamos por la tarjeta de McGrady.

GRAN COVENCIÓN
PARA COLECCIONISTAS
CÓMICS + TARJETAS
EXPOSICIÓN

ME LLAMÓ UNA CHICA QUE ESTÁ VENDIENDO UNA. LE DIJE QUE FUERA A LA EXPOSICIÓN DE CÓMICS Y TARJETAS DEL FIN DE SEMANA; ALLÍ ENCONTRARÁ UN COMPRADOR.

¿ACASO ESO SIGNIFICA QUE EL LADRÓN ES UNA CHICA?

VAMOS A LA EXPOSICIÓN, Y ASÍ LO SABREMOS.

La convención de cómics empezó al día siguiente. Llegamos temprano para no perdernos ninguna pista.

OYE, MAX, ¿NO COLECCIONABAS OSITOS CUANDO ERAS NIÑO?

¡NI ME LO RECUERDES!

Bienvenidos
GRAN CONVENCIÓN
OSITOS
CÓMICS
DEPORTES

OSITOS SHOW
NEXT SHOW
10 AM

HAY TANTAS PERSONAS AQUÍ. ¿CÓMO VAMOS A SABER QUIÉN TOMÓ MI TARJETA?

PUES PORQUE EL LADRÓN ESTUDIA EN NUESTRA ESCUELA, GENIO.

ALLÁ ESTÁ EL ENTRENADOR SWEENY, QUE TAMBIÉN COLECCIONA TARJETAS DE JUGADORES.

QUÉDATE AQUÍ. NOSOTROS HABLAREMOS CON ÉL.

Sweeny estaba demasiado contento, si me lo preguntan.

¡QUÉ CONVENCIÓN TAN MARAVILLOSA Y QUÉ DÍA MÁS FANTÁSTICO PARA MÍ!

CREO QUE MEJOR SALGO DE AQUÍ ANTES DE QUE MI SUERTE CAMBIE. ¡NOS VEMOS!

SOLO ME PARECE, ¿O ACASO EL ENTRENADOR ESTABA ACTUANDO UN POCO EXTRAÑO?

¿QUIERES VER ALGO EXTRAÑO? MIRA A CRYSTAL DIALLO REVISANDO LAS TARJETAS DE DEPORTES.

Crystal ama los cómics, pero detesta lo que tiene que ver con deportes, incluyendo a Ethan Webster.

Crystal saltó como un resorte cuando nos vio.

NO SABÍA QUE TE GUSTABAN LAS TARJETAS DE BASQUETBOLISTAS, CRYSTAL.

SÍ... ES DECIR, ¡NO! ¡NO ME GUSTAN! SOLO ESTOY BUSCANDO UN REGALO DE CUMPLEAÑOS PARA MI HERMANO.

Después de despedirnos de Crystal, vimos a otro visitante sorpresa de la convención.

¡MIRA A LEO! ¿QUÉ ESTÁ HACIENDO AQUÍ? ¡A ÉL NO LE GUSTAN LOS DEPORTES!

Y TAMPOCO ES FANÁTICO DE ETHAN. VAMOS A HACERLE ALGUNAS PREGUNTAS.

¡ESTÁ HUYENDO DE NOSOTROS!

MUY EXTRAÑO.

Cuando nos reencontramos con Ethan, nos sorprendió ver que estaba hablando con otro visitante inesperado.

¿NO SE SUPONE QUE TENDRÍAS QUE ESTAR EN CASA, BRONCO?

MI MAMÁ ME OBLIGÓ A QUE TRAJERA A MI HERMANA A VER LOS OSITOS.

Alison y yo fuimos a discutir el caso mientras nos comíamos unas papitas fritas.

EL LADRÓN ES UNA DE LAS PERSONAS QUE NOS ENCONTRAMOS HOY, AUNQUE NO ESTOY SEGURO DE CUÁL.

ENTONCES TE VA A TOCAR INVITARME A ALMORZAR, SEÑOR DETECTIVE, PORQUE YA SÉ QUIÉN SE ROBÓ LA TARJETA DE VINCE MCGRADY.

¿Ya sabes quién se robó la tarjeta de Vince McGrady? Todas las pistas están aquí. Ve a la página 74 si quieres confirmar la respuesta.

El juego de las tarjetas

Están vendiendo tarjetas de deportes falsas en la Gran Convención para Coleccionistas de Tarjetas. Ayuda a identificar cuál de las cuatro tarjetas es falsa. ¿Cuáles características la delatan?

45

Equipo: Rinocerontes
Posición: Alero
Altura: 2,04 m
Peso: 96 k

93

Vince McGrady

Año	Equipo	GP	FG%	FT%	REB	AST	STL	BLK	PTS	AVG
04-05	Gladiadores	77	.513	.758	343	182	88	28	650	8.4
05-06	Rinocerontes	82	.493	.743	464	246	138	48	741	9.0
TOTAL		159	.503	.751	807	428	226	76	1391	8.7

Tarjetas de deportes coleccionables

16

Equipo: Volcanes
Posición: Escolta
Altura: 2,10 m
Peso: 104 k

21

Jerome Smith

Año	Equipo	GP	FG%	FT%	REB	AST	STL	BLK	PTS	AVG
04-05	Volcanes	69	.428	.731	387	137	75	17	673	8.7
05-06	Volcans	75	.475	.740	405	198	71	25	728	8.9
TOTAL		156	.501	.756	600	425	124	75	1608	7.8

Tarjetas de deportes coleccionables

97

Equipo: Estrellas de Mar
Posición: Centro
Altura: 1,92 m
Peso: 82 k

67

Miranda Johnston

Año	Equipo	GP	FG%	FT%	REB	AST	STL	BLK	PTS	AVG
04-05	Estrellas de Mar	53	.417	.702	190	96	65	19	504	7.3
05-06	Estrellas de Mar	55	.433	.726	210	132	81	24	537	7.9
TOTAL		108	.425	.714	400	228	146	43	1041	7.6

Tarjetas de deportes coleccionables

143

Equipo: Gladiadores
Posición: Alero
Altura: 2,01 m
Peso: 98 k

48

Mike DeSouza

Año	Equipo	GP	FG%	FT%	REB	AST	STL	BLK	PTS	AVG
04-05	Rinocerontes	81	.523	.745	360	157	61	30	684	8.6
05-06	Gladiadores	83	.519	.760	397	215	64	34	705	8.9
TOTAL		164	.521	.752	757	372	125	64	1398	8.8

Tarjetas de deportes coleccionables

* El significado de las siglas de las tarjetas son: GP: Partidos jugados. FG%: Porcentaje de tiros de campo. FT%: Porcentaje de tiros libres. REB: Rebotes. AST: Asistencias. STL: Robos. BLK: Bloqueos. PTS: Puntos. AVG: Promedio.

RESPUESTA EN LA PÁGINA 82.

El caso del disco rayado

Al partir el pastel, la hermana menor de Leslie, Emma; su hermano mayor, Doug; y su papá se unieron. Emma es insoportable, pero anoche estaba de mejor ánimo. Doug tomó su rebanada de pastel y regresó cojeando con su tobillo fracturado a su habitación.

Todo empezó como una fantástica fiesta de cumpleaños. Estábamos todas las amigas de Leslie: Nanda Kanwar, Dorothy Pafko, Alison y yo. Charlamos, comimos y vimos tele. Fue muy divertido.

Después Leslie abrió sus regalos. Su papá le dio el último disco de Avril Elliot. Acaba de salir y ninguna de nosotras lo tenía aún. Creo que a Nanda le dio envidia, porque siempre quiere ser la primera en tener la música de moda.

¡GRAN COSA! MAÑANA COMPRO UNO.

Escuchamos el CD el resto de la noche, pero al día siguiente se acabó la fiesta. Alguien había grabado mis iniciales en el reverso del disco, y no podía escucharse más. Traté de decirles que no fui yo quien lo hizo, pero Dorothy me interrumpió.

NO MIENTAS, GABRIELA. ¡TE VI HACERLO!

¡VIVA GS!

DOROTHY DIJO QUE SE HABÍA LEVANTADO EN LA MITAD DE LA NOCHE Y ME HABÍA VISTO EN LA COCINA, ESCONDIDA DETRÁS DE LA PUERTA DEL REFRIGERADOR RAYANDO EL CD.

LES DIJE QUE NO TENÍA SENTIDO QUE GABRIELA HUBIERA GRABADO SUS INICIALES EN EL DISCO, PERO NO QUISIERON ESCUCHARME. TENEMOS QUE ENCONTRAR AL CULPABLE, MAX.

Gabriela se fue a casa y Alison y yo fuimos a inspeccionar la escena del crimen: la casa de Leslie Chang. Cuando llegamos, Leslie estaba enseñándole un truco con el hula hula a Emma, pero la cosa no iba bien.

NUNCA VAS A APRENDER, EMMA. ME RINDO. ME VOY ADENTRO.

SIENTO MUCHO NO SER TAN BUENA COMO GABRIELA, PERO ¡DAME OTRA OPORTUNIDAD!

Leslie se alegró de que la salváramos de su hermana. Nos llevó a la sala donde habían dormido todas la noche anterior.

ESA PUERTA LLEVA A LAS HABITACIONES DE DOUG Y EMMA. DEJÉ EL DISCO AQUÍ, JUNTO AL EQUIPO DE SONIDO.

DOROTHY VIO A GABRIELA AQUÍ EN LA MITAD DE LA NOCHE. RECONOCIÓ SUS PIES POR SUS MEDIAS DE COLORES.

La navaja era de Doug, el hermano de Leslie. Nos dijo que se le había perdido hacía días, pero no sabía cómo había ido a parar a la cocina. Cuando le preguntamos por el CD rayado, solo sonrió.

DORMÍ EN MI HABITACIÓN TODA LA NOCHE, PERO AL MENOS NO VOY A TENER QUE ESCUCHAR MÁS ESA TERRIBLE MÚSICA.

CREO QUE ENCONTRÉ LA NAVAJA CON LA QUE RAYARON EL DISCO.

Cuando salíamos encontramos a Emma practicando con su hula hula. Nos dijo que había dormido en su habitación la noche anterior, y antes de que pudiéramos preguntarle más, corrió y entró en la casa en busca de su hermana.

¡LESLIE! YA ES HORA DE QUE ME ENSEÑES MÁS TRUCOS DE HULA HULA. ¡LO PROMETISTE!

Faltaba interrogar a la única testigo: Dorothy. Leslie y Dorothy se habían hecho amigas hacía poco. Cuando estaban en quinto grado, Leslie solía molestar bastante a Dorothy. Era posible que esta chica, que era un genio en ciencias, estuviera resentida con Leslie. Teníamos que oír su historia.

ESTABA MUY OSCURO Y NO LLEVABA PUESTOS MIS ANTEOJOS, PERO SÉ QUE VI A GABRIELA DETRÁS DE LA PUERTA DEL REFRIGERADOR.

La luz del refrigerador me despertó. No podía ver la cabeza de Gabriela, pero supe que era ella por las medias coloridas que le gusta usar. Pensé que estaba buscando algo de tomar, entonces volví a la cama.

Teníamos que hablar con la otra invitada a la fiesta: Nanda Kanwar. Cuando la encontramos, estaba ocupada escuchando su nuevo disco de Avril Elliot.

DÍGANLE A LESLIE QUE LE PUEDO PRESTAR MI CD NUEVO, SI QUIERE. ¡ES LO MÁXIMO!

Cuando al fin logré que bajara el volumen de la música, le pregunté a Nanda sobre la fiesta de Leslie.

NO VI NADA, PERO SÍ ESCUCHÉ QUE ALGUIEN ABRÍA LA ESTÚPIDA PUERTA QUE DA A LAS HABITACIONES. ME TOMÓ MIL AÑOS DORMIRME DE NUEVO.

SENCILLAMENTE NO SE ME OCURRE QUIÉN TE PUSO ESA TRAMPA, GABRIELA.

GENIAL. ACABO DE MUDARME A ESTA CIUDAD Y YA NO TENGO AMIGOS.

NO TIRES TUS MEDIAS DE COLORES TODAVÍA, GABRIELA. YA SÉ QUIÉN RAYÓ EL CD Y POR QUÉ LO HIZO.

¿Sorprendido? En la página siguiente verás pistas sobre quién es el culpable. Después ve a la página 74, allí está la solución.

Personas en la escena del crimen

Cocina

Sala

Habitación de Doug

Habitación de Emma

Después de la fiesta de cumpleaños de Leslie Chang quedó un gran desorden en la casa, además de un montón de huellas. Si el papá de Leslie no hubiera limpiado ya, tal vez habría sido más fácil para Max y Alison solucionar el caso. **Necesitarás tener en cuenta las huellas del plano y las pistas del caso para descubrir quién rayó el disco.**

RESPUESTA EN LA PÁGINA 82.

equipo de sonido roto

Max Finder

CASOS MISTERIOSOS

Max

Alison

EN

El caso del
equipo de sonido roto

¿Sabías que se ha celebrado el Halloween por más de tres mil años? Dato de Max Finder, detective de secundaria. Hoy estoy disfrazado del sabueso más sagaz de la historia: Sherlock Holmes. Alison está vestida como Vilma, una de las compañeras de Scooby Doo. Y por si no lo has adivinado, estamos en la fiesta de Halloween del colegio.

MAX, VAN A ANUNCIAR AL GANADOR DEL MEJOR DISFRAZ. EL PREMIO ES ESE EQUIPO DE SONIDO.

EL GANADOR DE ESTE AÑO ES...

¡TONY DEMATTEO!

¡LO SABÍA!

¡NO ES JUSTO!

¡TONY ES UN TRAMPOSO!

Todos estaban enfadados con Tony. Su papá, dueño de una tienda de electrodomésticos, había donado el premio, y Tony no debía participar. Leslie Chang trató de convencerlo de que lo devolviera.

¡DEVUELVE EL EQUIPO O VAS A LAMENTAR HABER GANADO!

¡OLVÍDALO, LESLIE! LO GANÉ JUSTAMENTE Y ME LO VOY A QUEDAR.

Todos empezaron a bailar y pensé que habíamos olvidado el equipo, pero un estruendo en las escaleras me confirmó que estaba equivocado.

¡CRASH!

ALISON, ¿QUÉ FUE ESO?

¡EL EQUIPO DE SONIDO DE TONY! ¡QUEDÓ HECHO AÑICOS!

HALLO BAILE

ARRIBA

¡YO NO FUI! ¡LO JURO!

24

CREO QUE EL CULPABLE ESTABA TRATANDO DE ESCONDER EL EQUIPO, PERO EL CARRITO SE RODÓ ESCALERAS ABAJO.

¡MI EQUIPO!

NO TE PREOCUPES, TONY. VAMOS A DESCUBRIR QUIÉN LO HIZO.

¡NO ME MIREN A MÍ! ESTABA SALIENDO DEL BAÑO CUANDO ESCUCHÉ EL ESTRUENDO.

Leo nos dijo que alguien había aparecido al final de las escaleras y había huido por el corredor. Usaba una capa negra y un sombrero de hechicero, y tenía unos enormes pies verdes.

Leo parecía estar asustado, y mi radar de misterio me dijo que no escondía nada. Aunque no podía decir lo mismo de las escaleras oscuras al final del corredor.

¡AAAAAHHHH!

Alison y yo fuimos a investigar. Los demás recogieron partes del equipo.

¿HO... HOLA?

¡GRRRRRRR!

¡AAAAAHHHH!

No era un monstruo, aunque casi. Era Ben McGintley, el matón del colegio, el peor de todos. Su disfraz de ogro le quedaba perfecto, incluso sin la máscara.

¡USTEDES SALTARON EL DOBLE QUE LESLIE CHANG!

¡VUELVE A MORDOR, BEN!

¿ACASO LESLIE PASÓ AHORA POR AQUÍ?

Ben nos dijo que alguien de capa negra y sombrero de bruja había corrido por las escaleras momentos antes. No le había visto la cara, pero reconoció el disfraz de Leslie. La historia encajaba, pero algo me hizo sospechar.

NADIE SABE QUE ESTOY AQUÍ, NO LO COMENTEN O ARRUINARÁN MI SORPRESA DE HALLOWEEN.

BONITOS PIES, BEN. LE VIENEN BIEN A TU DISFRAZ.

Y A NUESTRA INVESTIGACIÓN.

Ben no admitió que sabía del equipo de sonido, pero los matones y los ogros tienen una cosa en común: rara vez dicen la verdad. Cuando regresábamos al salón de baile, nos encontramos un disfraz negro en la escalera.

PARECE PINTURA PARA EL ROSTRO.

Cuando llegamos a la fiesta, ya se había regado la noticia del equipo. Leslie pareció sorprendida al ver que teníamos su disfraz.

¿CÓMO FUE QUE TU CAPA Y TU SOMBRERO TERMINARON EN LA ESCALERA, LESLIE?

¡DÍGANME USTEDES! LOS DEJÉ ACÁ MIENTRAS FUI A BAILAR, PERO CUANDO VOLVÍ HABÍAN DESAPARECIDO.

¿HAN VISTO A BEN? ES SU TURNO DE AYUDAR.

Leslie se sorprendió cuando le dijimos que Ben estaba debajo de las escaleras, y fue a buscarlo. Dorothy Pafko nos dio pistas nuevas sobre la coartada de Leslie.

LESLIE Y YO ESTÁBAMOS BAILANDO, PERO ELLA NO SE QUEDÓ EN LA PISTA. DESAPARECIÓ POCO ANTES DE QUE SONARA EL ESTRUENDO DEL EQUIPO.

Nanda Kanwar llegó corriendo en ese momento. Parecía estar muy emocionada. Dijo que nos había estado buscando por todas partes y que tenía evidencia para nuestra investigación.

¡YO VI LO MISMO! NO PUDE VER LA CARA DE LESLIE POR EL SOMBRERO, PERO ME DIO RISA VERLA CÓMO SE TROPEZABA CON ESOS ENORMES PIES VERDES.

JUSTO ANTES DE QUE EL EQUIPO RODARA ESCALERAS ABAJO, VI A LESLIE CON SU CAPA Y SOMBRERO EMPUJANDO EL CARRITO FUERA DEL GIMNASIO.

Alison y yo nos dirigimos a la mesa de las bebidas para tomar algo. Este caso nos había dado sed, pero los oídos nos estaban funcionando a la perfección.

NO CREO QUE HAYA SIDO LESLIE; DEBIÓ DE SER BEN.

CLARO, POR ESO SE ESTÁ ESCONDIENDO DEBAJO DE LAS ESCALERAS.

ESTOY A PUNTO DE DARME POR VENCIDA EN ESTE CASO. ¿QUÉ OPINAS SHERLOCK?

ELEMENTAL, MI QUERIDA ALISON, ELEMENTAL.

¿Sabes quién fue? Todas las pistas están aquí, pero en la página 75 verás la respuesta.

Confusión de mensajes

Leslie Chang y Crystal Diallo terminaron yendo a la fiesta de Halloween con el mismo disfraz. **Ordena los siguientes mensajes de texto para saber qué disfraces estaban planeando usar y cómo se dio la confusión.**

Archivo <u>E</u>dición <u>V</u>er Ayuda

📞 Llamar ✉ Añadir 👤 Bloquear

a) Nanda dice:
> ¿Quién sabe? Crystal tenía prisa. Yo también me tengo que ir cuanto antes. ¡No puedo esperar para ir a la fiesta de Halloween!

b) Leslie dice:
> Tal vez de bruja. ¿Tú de qué te vas a disfrazar, Nan?

c) Crystal dice:
> No sé todavía. ¿Tú ya sabes, Les? Mi mamá y yo iremos a buscarlo en 15 minutos. Vuelvo enseguida.

d) Nanda dice:
> Frankenstein, supongo. No se me ocurre nada más.

e) Leslie dice:
> Chao, Nan. Nos vemos en la escuela mañana.

f) Crystal dice:
> ¡Fantástico disfraz, Les! Estoy segura de que te vas a ver de lo más aterrorizadora con la cara verde. Bueno, chicas, me tengo que ir. Hablamos después.

g) Leslie dice:
> No ha de tomar mucho tiempo vestirse como ese enorme monstruo verde, ja, ja, ja.

h) Nanda dice:
> ¿Qué se van a poner para la fiesta de disfraces?

i) Leslie dice:
> ¿De qué estás hablando? No me voy a pintar la cara para ser una bruja.

RESPUESTA EN LA PÁGINA 82.

INTERCAMBIO JABONOSO

Max Finder

CASOS MISTERIOSOS

Max

Alison

EN El caso del
intercambio jabonoso

¿Sabías que los castores pueden contener la respiración durante cuarenta y cinco minutos? Aquí Max Finder, coleccionista de datos y detective de secundaria. Era un sábado frío en Whispering Meadows, pero de pronto pareció que un nuevo misterio iba a calentar las cosas.

MIRA, AHÍ VIENE NANDA KANWAR, Y PARECE ENFADADA.

¡MAX! ¡ALISON! ¡ALGUIEN CAMBIÓ MIS CHOCOLATES!

Durante todo este mes los chicos y chicas de nuestra escuela habían estado vendiendo chocolates para recoger dinero para obras de caridad. Quien vendiera más chocolates se ganaría una tabla para esquiar en la nieve. El concurso termina en dos días y Nanda tenía muchísimas probabilidades de ganar, hasta que alguien reemplazó sus barras de chocolate por barras de jabón.

¡SI NO RECUPERO LOS CHOCOLATES, NO VOY A GANAR ESA TABLA!

NO TE PREOCUPES, NANDA. ENCONTRAREMOS AL RESPONSABLE DEL CAMBIO.

CUÉNTANOS LO QUE PASÓ DESDE EL PRINCIPIO, DESDE QUE TE DIERON LOS CHOCOLATES.

Ayer, al salir de la escuela, recogí mi última caja de chocolates y fui al ensayo de la obra de teatro. Dejé mi chaqueta y los chocolates contra la pared. Las únicas otras personas allí eran tu hermano Marcus, Alison; Tony DeMatteo, la señora Janssen, que es la directora; Sasha Price y Alex Rodríguez.

Alex y yo tenemos partes importantes en la obra, entonces estuvimos en el escenario todo el ensayo. Alex es amable y es bueno para todo. El año pasado fue quien vendió más chocolates y este año está apenas a unas pocas barras de mí.

MUY BIEN, NANDA. DALE LA ESPALDA A ALEX MIENTRAS DICES TUS LÍNEAS.

A Tony solo le interesan los deportes, pero creo que su mamá le insistió en que participara en la obra. Hace de un criado y no tiene ninguna línea, por lo que ni se toma el trabajo de escribir en su libreto. Tampoco ha vendido ningún chocolate.

Marcus estaba contento de subir al escenario y decir sus líneas. Sasha no estaba tan emocionada. Le gané el papel principal y creo que sigue enfadada conmigo.

¡SASHA, DEJA DE FRUNCIR EL CEÑO Y TRATA DE PARECER FELIZ!

Cuando se terminó el ensayo, Alex, Tony y yo tomamos el mismo autobús de la noche. Yo estaba cansada, pero Alex quería que siguiéramos ensayando nuestras líneas hasta que llegáramos a casa. Tony se sentó en la última fila, pero debía tener aún mucha energía porque la conductora tuvo que mandarlo a sentar varias veces.

ME FUI A CASA Y ESTUVE ALLÍ TODA LA NOCHE. Y ESTA MAÑANA ME DI CUENTA DE QUE MIS CHOCOLATES HABÍAN DESAPARECIDO.

EL QUE HIZO ESTO TE QUERÍA FUERA DE LA COMPETENCIA PARA GANAR EL PREMIO.

No teníamos una escena del crimen para investigar, pero teníamos muchos sospechosos. Empezamos por lo más cercano: la casa de Alison. Su hermano Marcus había vendido muchos chocolates y había dicho que quería ganar la tabla de esquiar.

ANOCHE VI A MARCUS LLEGAR CON UNA CAJA ADICIONAL DE CHOCOLATES.

Cuando encontramos a Marcus, estaba preparándose para salir a vender chocolates. Pero no tenía un espíritu muy caritativo.

Alex estaba afuera del supermercado vendiendo montones de chocolates. Con Nanda fuera de la competencia, era probable que ganara nuevamente. A pesar de eso pareció muy contrariado cuando le contamos lo de Nanda.

CONSEGUÍ LA OTRA CAJA EN LA ESCUELA. ¡NECESITO VENCER PARA GANARME ESA TABLA DE ESQUIAR!

SÚPER MERCADO

CHOCOLATES PARA CARIDAD

NO ESTOY HACIENDO ESTO POR LA TABLA; SOLO QUIERO RECOGER DINERO PARA LAS OBRAS DE CARIDAD.

Los jabones eran de una tienda elegante que queda en el centro. Fuimos hasta allá y la dueña pareció de lo más sorprendida cuando le mostramos la barra de jabón que habíamos tomado de la caja de chocolates de Nanda.

BOMBAS DE BAÑO VAINILLA COCO

JABÓN DE DURAZNO

JABÓN DE FRUTAS

ESPUMAS Y ESENCIAS

JABÓN DE CHOCOLATE

ACEITE ALMENDRA

BARRA DE MASAJES

¿DE DÓNDE SACASTE ESE JABÓN? YA NO LOS VENDO PORQUE LES DABA COMEZÓN A LAS PERSONAS. TENGO UN MONTÓN EN EL CUARTO DE ATRÁS.

Estábamos yéndonos de la tienda cuando Sasha y su mamá entraron. Probablemente eran clientas regulares, porque la dueña las saludó por el nombre. Sasha solo sonrió cuando le contamos lo que le había sucedido a Nanda.

DÍGANLE A NANDA QUE LE PUEDO VENDER MI TABLA VIEJA, COMPRÉ UNA NUEVA LA SEMANA PASADA.

Nos quedaba un último sospechoso con quien hablar: Tony DeMatteo. No había vendido ningún chocolate, por lo que no tenía ninguna posibilidad de ganar la tabla, pero era posible que hubiera visto algo en la noche del ensayo.

¡DESAPARÉCETE, DETECTIVE! ESTOY CANSADO DE ESCUCHAR SOBRE CHOCOLATE Y ENSAYOS DE OBRAS.

Resolver un misterio es como armar un rompecabezas, pero esta vez se sentía como si no tuviéramos todas las piezas. Hasta que llegó Nanda con un libreto de su obra hecho jirones y nos dio una pieza más.

POR ACCIDENTE, TOMÉ EL LIBRETO DE ALGUIEN MÁS DESPUÉS DEL ENSAYO. NO TIENE NOMBRE NI NINGUNA NOTA ESCRITA, PERO ¡MIREN LA ÚLTIMA PÁGINA!

RÓBALE LA CAJA DE CHOCOLATES A NANDA Y LA TABLA DE ESQUIAR ES TUYA.

NO TIENE FIRMA, POR LO QUE SUPONGO QUE NUNCA VAMOS A SABER QUIÉN ROBÓ MIS CHOCOLATES.

NO TE DES POR VENCIDA, NANDA. YA SÉ QUIÉN ROBÓ TUS CHOCOLATES.

Y YO SÉ QUIÉN ESCRIBIÓ ESA NOTA.

¿Ya sabes quién cambió los chocolates por jabones? Todas las pistas están aquí. Ve a la página 76 para confirmar la respuesta.

Fisgón de casilleros

¡Prueba qué tan buena memoria detectivesca tienes! Observa el desordenado casillero de Tony DeMatteo por dos minutos. Después, ve a la página 84 y responde las preguntas para ver qué tanto recuerdas.

RESPUESTA EN LA PÁGINA 82.

El caso de

las huellas de arena

¡AYYYYY!

Max Finder
CASOS MISTERIOSOS

Max

Alison

EN El caso de
las huellas de arena

¿Sabías que los copos de nieve se hacen más pequeños cuando la temperatura es muy baja? Dato por cortesía de Max Finder, detective de secundaria. Habían llegado las vacaciones y Alison y yo esquiábamos en el Club de Esquí de Montaña Nevada, cuando Nate Yamada nos detuvo.

PATRULLA DE ESQUÍ

LO SIENTO, CHICOS, PERO EL RESTO DE ESTA PISTA ESTÁ CERRADA. ALGO EMBARRÓ LA NIEVE DE AQUÍ PARA ALLÁ

PARECE ARENA DE CARRETERA. SI UN ESQUIADOR PASA POR AQUÍ, PUEDE LASTIMARSE.

Mi radar de misterio enviaba señales. Nate había escuchado que Alison y yo tenemos como pasatiempo resolver misterios, y trató de cerrar la investigación.

ALISON, DEJA QUE LA PATRULLA DE ESQUÍ SE HAGA CARGO. NOSOTROS ENCONTRAREMOS A QUIEN HAYA HECHO ESTO. USTEDES VAYAN A DIVERTIRSE.

NO SABÍA QUE NATE ERA UN PATRULLERO DE ESQUÍ.

CIERTO. ESCUCHÉ QUE NO HABÍA CONSEGUIDO EL TRABAJO.

Más tarde, vimos a Nanda Kanwar sentada sobre un lodazal de nieve y arena. Quien estaba ensuciando la nieve con arena había atacado de nuevo, y esta vez había un testigo.

¡VI TODO LO QUE PASÓ! ALGUIEN DE CHAQUETA AZUL Y ROJA REGÓ UNA ENORME BOLSA DE ARENA AQUÍ Y DESPUÉS CORRIÓ POR ENTRE LOS ÁRBOLES.

Cuando llegamos al bosque, encontramos manchas de arena y huellas en la nieve.

QUIENQUIERA QUE HIZO ESTO LLEVABA PUESTAS BOTAS DE ESQUIAR.

ENTONCES USABA ESQUÍS Y NO TABLA DE ESQUIAR.

Encontramos otra serie de huellas en la nieve de botas de invierno normales. Las seguimos fuera del bosque, hasta llegar al paraíso de un amante de las aves.

¡ESTE ES EL JARDÍN DEL SEÑOR ZILKOWSKY! MI ABUELO SOLÍA TRAERME AQUÍ. EL SEÑOR ZILKOWSKY SIEMPRE SE ESTABA QUEJANDO POR EL RUIDO DEL CLUB DE ESQUÍ.

ALGUIEN ME DIJO QUE INCLUSO FUE A LA ALCALDÍA PARA PEDIR QUE LO CERRARAN.

MANTIENE SU ENTRADA LIMPIA DE NIEVE.

¡CRAC!

¿QUÉ FUE ESO?

Alguien se escondía entre los árboles. ¿Acaso sería el culpable de la arena en la nieve? Nos acercamos sigilosamente para echar un vistazo.

ES EL MATÓN BEN MCGINTLEY Y SU PANDILLA. ESTÁN ARROJANDO BOLAS DE NIEVE.

ACERQUÉMONOS UN POCO MÁS.

¡Gran error! Es difícil moverse a hurtadillas si estás pegado a una tabla de esquiar. Ben y sus secuaces nos oyeron y decidieron usarnos como objetivo de práctica.

¡VÁYANSE DETECTIVES A OTRA PARTE!

BEN ES UNO DE LOS SOSPECHOSOS, NO HAY DUDA.

La pandilla de Ben se dispersó en cuanto nos topamos con Carla Baxter, una patrullera de esquí. La semana anterior Carla había expulsado a Ben y sus amigos del club por esquiar sin seguir las recomendaciones de seguridad, y desde entonces habían estado causando problemas.

NATE YAMADA, EL OPERADOR DE LAS TELESILLAS, VIO A BEN SACAR ARENA DEL CONTENEDOR ESTA MAÑANA Y LO SACÓ CORRIENDO.

PATRULLA DE ESQUÍ

Carla ya sabía sobre el reguero de arena en la colina y le pareció sospechoso cuando le dijimos que Nanda se había caído. Nos contó entonces que habían sacado a Nanda del equipo de carreras de esquí porque había faltado a las prácticas.

TAL VEZ NANDA ESTÁ ECHANDO ARENA EN LAS COLINAS PARA VENGARSE DEL CLUB.

NUESTRO TRABAJO ES MANTENER SEGURAS LAS COLINAS. SI ALGUIEN SE HACE DAÑO, LOS PATRULLEROS DE ESQUÍ ESTAREMOS EN PROBLEMAS.

Patrulla de esquí

Patrulla de esquí
CARLA BAXTER

TENEMOS UN LADRÓN SUELTO POR AQUÍ: FALTA UNO DE LOS CHALECOS DE PATRULLERO. ¡MANTENGAN LOS OJOS ABIERTOS!

NO CONFÍO EN CARLA. ESTA MAÑANA IBA CON NANDA DELANTE DE MÍ EN LAS TELESILLAS. ESTABAN DISCUTIENDO ACALORADAMENTE Y CARLA SE VEÍA MUY ENFADADA.

¿TAN ENFADADA PARA REGAR ARENA EN LA NIEVE Y ECHARLE LA CULPA A NANDA?

Fuimos a echarle un vistazo al contenedor de arena que queda junto a la vía de acceso. Esta arena se riega en la carretera para que los autos puedan andar sobre el hielo. A medio camino nos encontramos con Nate de nuevo, que iba de prisa.

UN ANCIANO ESTÁ ROBANDO ARENA DEL CONTENEDOR. ¡VOY A REPORTARLO!

Cuando llegamos al contenedor...

¡ES EL SEÑOR ZILKOWSKY!

¡Y ESTÁ ROBANDO ARENA!

¡AYYYYYY!

El señor Zilkowsky estaba llenando su mochila de arena como un ladrón lo haría con dinero. Cuando nos vio, corrió hacia el bosque cargando su botín.

Junto al contenedor, encontramos una mochila llena de arena.

ESTA MOCHILA ESTÁ CASI LLENA DE ARENA.

¡Y PERTENECE A QUIEN HA ESTADO REGANDO ARENA EN LA NIEVE!

ENTONES, SEÑOR DETECTIVE, ¿ESO SIGNIFICA QUE EL SEÑOR ZILKOWSKY ES EL CULPABLE?

TE DIRÉ MIENTRAS NOS TOMAMOS UN CHOCOLATE CALIENTE. ¡ES TU TURNO DE INVITAR!

¿Quién regó arena en la nieve? Las pistas están aquí. Ve a la página 76 para ver la solución.

Prueba de espía

Prueba tus habilidades de espía con este cuestionario.

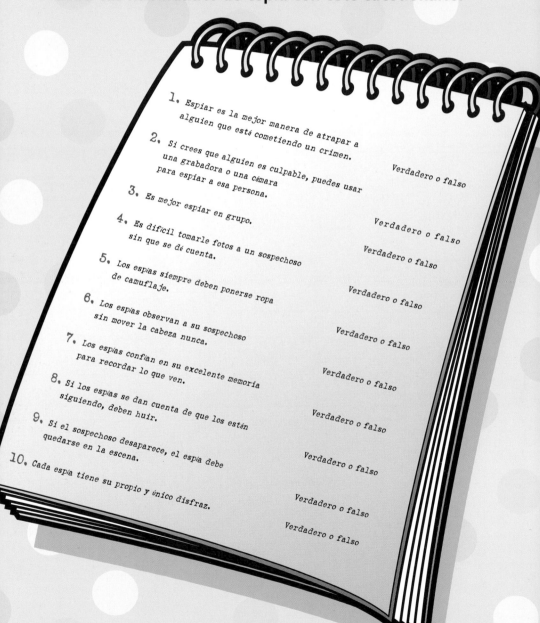

1. Espiar es la mejor manera de atrapar a alguien que está cometiendo un crimen.

   Verdadero o falso

2. Si crees que alguien es culpable, puedes usar una grabadora o una cámara para espiar a esa persona.

   Verdadero o falso

3. Es mejor espiar en grupo.

   Verdadero o falso

4. Es difícil tomarle fotos a un sospechoso sin que se dé cuenta.

   Verdadero o falso

5. Los espías siempre deben ponerse ropa de camuflaje.

   Verdadero o falso

6. Los espías observan a su sospechoso sin mover la cabeza nunca.

   Verdadero o falso

7. Los espías confían en su excelente memoria para recordar lo que ven.

   Verdadero o falso

8. Si los espías se dan cuenta de que los están siguiendo, deben huir.

   Verdadero o falso

9. Si el sospechoso desaparece, el espía debe quedarse en la escena.

   Verdadero o falso

10. Cada espía tiene su propio y único disfraz.

    Verdadero o falso

RESPUESTA EN LA PÁGINA 83.

TÍTULO:
DOGTOWN
MALONE

CARRETE
#2

Max Finder

CASOS MISTERIOSOS

Max   Alison

EN

El caso de la
película perdida

¿Sabías que las personas han comido crispetas, o palomitas de maíz, por más de cinco mil años? Otro dato de Max Finder, detective de secundaria. Era el receso de primavera y los chicos y las chicas del pueblo habíamos venido al cineclub juvenil.

BUSCANDO A
TUTÚ

¡El ganador de esta semana!

DOGTOWN MALONE

DOGTOWN MALONE LE GANÓ A BUSCANDO A TUTÚ EN LA VOTACIÓN DE ESTA SEMANA.

¡FANTÁSTICO! YO PREFIERO MIL VECES A LOS ZOMBIS QUE A UN PERRITO ANIMADO.

Estábamos haciendo fila para comprar algo de comer, cuando la máquina de las crispetas hizo explosión y empezó a disparar el maíz como si estuviéramos en una película de acción. Trina, la administradora del teatro, corrió hasta la máquina, para tratar de arreglarla.

Crispetas

Solo empleados

LA PUERTA SE ZAFÓ, TRINA. ¡AUXILIO!

¡CLIC!

ALGUIEN AFLOJÓ LOS TORNILLOS DE LA PUERTA.

Trina estaba muy molesta con el saboteador de la máquina de crispetas. Unos pocos minutos después, nos llamó a un lado, pero estaba más preocupada que enfadada.

¡ALGUIEN SE LLEVÓ LA MITAD DE LOS CARRETES DE DOGTOWN MALONE!

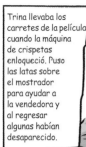

Trina llevaba los carretes de la película cuando la máquina de crispetas enloqueció. Puso las latas sobre el mostrador para ayudar a la vendedora y al regresar algunas habían desaparecido.

NO PODEMOS PROYECTAR LA PELÍCULA SIN LOS CARRETES QUE HACEN FALTA. SI NO LOS ENCONTRAMOS, ¡VOY A PERDER MI TRABAJO!

¡Y A NOSOTROS NOS TOCARÁ VER ESA TONTERÍA DE PERRO BOBALICÓN!

NADIE PUEDE SABER SOBRE LOS CARRETES. LOS CHICOS SE VAN A ENFADAR SI SABEN QUE NO VAMOS A PROYECTAR DOGTOWN.

¿ENTONCES VAMOS A TENER QUE RESOLVER EL CRIMEN SIN DECIR LO QUE ESTAMOS HACIENDO?

ME GUSTA ESE RETO. ¡ACEPTAMOS EL CASO!

No tenía ni idea de cómo encontraríamos esos carretes sin poder decirle a nadie lo que estaba sucediendo. Pero si nos daba la oportunidad de NO tener que ver *Buscando a Tutú*, valía la pena.

EL LADRÓN TOMÓ LOS CARRETES MIENTRAS TRINA ARREGLABA LA MÁQUINA DE CRISPETAS, ¿DÓNDE PODRÁN ESTAR AHORA?

Solo empleados

DEBEN DE ESTAR CERCA. EMPECEMOS POR AQUÍ.

En la oficina de Trina hablamos con Alex Rodríguez, el director del cineclub. Él cuenta los votos y entrega las entradas que se rifan. Nos dijo que estaba solo en la oficina cuando la máquina de las crispetas explotó. No parecía estar complacido por la votación.

Historia de soya

PRESIDENTE DEL MAL 2

ESTOY CANSADO DE DOGTOWN. ESPERABA QUE TUTÚ GANARA.

PREMIOS

Alex salió de la oficina y se fue a buscar los premios, entonces Alison y yo pudimos registrarla, pero no encontramos pistas.

A ALEX NO LE GUSTA DOGTOWN Y PUDO MENTIR CUANDO DIJO QUE ESTABA AQUÍ DURANTE EL ROBO.

¿SERÍA CAPAZ DE SABOTEAR SU CINECLUB SOLO POR UN PERRO ESTÚPIDO?

En la sala de cine empezamos a preguntarles a los chicos dónde estaban cuando la máquina de crispetas se enloqueció. Melanie Reece dijo que había estado en su asiento todo el tiempo, pero mi radar me hizo pensar que estaba escondiendo algo.

LA SEÑORA DOYLE ME CONTÓ SOBRE LA MÁQUINA DE CRISPETAS. VINO CORRIENDO Y DESPUÉS SE FUE AL FRENTE.

La señora Doyle dijo que estaba en la oficina de Trina desocupando el basurero cuando la máquina de crispetas explotó. Cuando vio el maíz volando por todas partes, se sobresaltó tanto que corrió a la sala de cine, en donde habló con Melanie. Después se fue al frente a recoger la basura del suelo.

MELANIE Y YO NO QUEREMOS VER *DOGTOWN MALONE*, PORQUE ES DEMASIADO RUIDOSA Y MIEDOSA. SE LO DIJE A TRINA, PERO NO ESCUCHÓ.

Se acababa el tiempo; la sala se llenaba de gente que esperaba ver *Dogtown Malone*. Si no encontrábamos alguna pista, la única película que iban a ver sería la del perro rosado.

MIRA, SEÑOR INVESTIGADOR: ALGO SE TE PEGÓ AL ZAPATO.

TÍTULO: DOGTOWN MALONE

CARRETE #2

ES LA ETIQUETA DE LOS CARRETES QUE HACEN FALTA. AL PARECER, EL LADRÓN PASÓ POR AQUÍ.

SALIDA

Y SÉ DÓNDE LA LLEVÓ.

Oímos voces que provenían del fondo del corredor. ¿Acaso sería el ladrón? Nos asomamos por el borde de la pared y vimos a Josh "Bronco" Spodek y a su amigo Ethan Webster. Los dos deportistas se traían algo entre manos.

SALIDA

BUEN TRABAJO, BRONCO.

ACUÉRDATE DE ACTUAR CON NATURALIDAD.

Los chicos se dirigieron hacia el vestíbulo, entonces Alison y yo echamos un vistazo afuera de la puerta de salida.

¿CREES QUE LOS CARRETES ESTÉN AQUÍ?

NO HAY TIEMPO DE REGISTRAR, MAX. MEJOR VIGILAMOS A BRONCO Y A ETHAN.

Corrimos de vuelta al vestíbulo. Ya estaba vacío salvo por tres fanáticos del cine que conocíamos y que al parecer estaban tramando algo.

DOGTOWN MALONE

MANTÉN LA BOCA CERRADA Y PODRÁS VER TU TONTA PELÍCULA DEL PERRO.

ENTONCES ETHAN SÍ VINO. LLAMÓ A PREGUNTAR QUÉ PELÍCULA ÍBAMOS A PRESENTAR, PERO NO LO VI COMPRANDO ENTRADAS.

¿QUÉ VAMOS A HACER, MAX? LA PELÍCULA DEBE EMPEZAR Y NO HEMOS ENCONTRADO LOS CARRETES CON EL FINAL DE *DOGTOWN MALONE*.

NO TE PREOCUPES, TRINA. YA SÉ QUIÉN FUE.

Y YO SÉ DÓNDE ESTÁN.

¿Sabes quién tomó los carretes y dónde están? Las pistas están aquí. En la página 77 confirmarás la solución.

Llena los espacios

¡Haz historia en el cine! En una hoja de papel, completa los espacios en blanco en el libreto de *Dogtown Malone* y después lee el texto completo en voz alta.

Escena 4:

Dogtown Malone llega a la bodega de [una tienda que no te guste] en donde encuentra a Becky, que está jugando [un juego de cartas] adentro de un viejo [aparato de videojuego].

BECKY

Malone, sabía que me ibas a encontrar. Si hubieras llegado [tu edad] minutos tarde, me habrían aplastado como un [plato de pasta].

Malone toma las cartas de Becky y las lanza como [un lance de béisbol].

MALONE

No hay tiempo para hablar, Becky. No estaremos a salvo sino hasta que salgamos de este [juego de parque de diversiones]. Tenemos que disfrazarnos. Ten, ponte esto.

Malone le pasa a Becky un pijama de [un súper héroe] y se pone él mismo una [prenda de ballet]. Justo cuando Malone empieza a sacar a Becky de allí, hay una explosión. Ambos tienen que salir bailando [un género musical] en busca de un mejor lugar donde esconderse.

MALONE

¡Cuidado! Han puesto [vegetales verdes] por todas partes. Mantente cerca de mí, o de lo contrario estaremos como [un insecto]fritos.

BECKY

Ay, eso suena delicioso. ¿Podemos pedirlo esta noche en la cena antes de ver [un musical]?

MALONE

¿Qué te dije sobre hablar?

El caso del

ATAQUE ARTÍSTICO

Max Finder

CASOS MISTERIOSOS

Max

Alison

EN El caso del
ataque artístico

¿Sabías que la lengua de una ballena azul pesa más que un elefante adulto? Dato por cortesía de Max Finder, coleccionista de datos y detective de secundaria. Algunas veces los detectives tenemos que ir en busca de misterios; otras veces, nos saltan al paso.

¡MI ESCULTURA HA DESAPARECIDO!

EL GRITO VINO DEL JARDÍN DE LAYNE JENNINGS.

VAMOS A ECHAR UN VISTAZO.

Layne está en nuestra clase. Hace obras de arte y su jardín parece el desordenado estudio de un artista. Mañana habrá un concurso de arte y Layne iba a participar con su escultura.

AYER TERMINÉ MI MÁS RECIENTE ESCULTURA Y ESTA MAÑANA QUE VINE A VERLA ¡YA NO ESTABA! NO ME IMPORTA EL CONCURSO, LO ÚNICO QUE QUIERO ES SABER QUIÉN LA ROBÓ.

La escultura de Layne era genial. Había recogido basura en la escuela, la había organizado y había hecho algo nuevo de la nada.

NO TE PREOCUPES, LAYNE. ENCONTRAREMOS TU ESCULTURA Y AL CULPABLE.

MI PAPÁ DEJÓ LA PUERTA ABIERTA. CUALQUIERA PUDO ENTRAR Y LLEVÁRSELA. AUNQUE CREO QUE FUE ÚRSULA CURTIS. ELLA VA A PARTICIPAR EN EL CONCURSO.

ÚRSULA ESTÁ EN MI CLASE DE ARTE Y VIVE CERCA. VAMOS A VERLA.

48

¡AY!, ¿POR QUÉ NOS ESTÁ MIRANDO ESA SEÑORA?

ES JANET, NUESTRA VECINA. SE LASTIMÓ LA ESPALDA Y ESTÁ INCAPACITADA. DETESTA MI ESCULTURA Y SE QUEJA TODO EL TIEMPO DE QUE NO LA DEJO DORMIR CON EL MARTILLEO QUE HAGO.

Agregué a Janet a la lista de sospechosos, justo debajo de Úrsula. Antes de ir a hacerles algunas preguntas, Alison y yo registramos el jardín de Layne en busca de pistas.

AL PARECER EL LADRÓN DEJÓ CAER UNA FLOR, PERO NO SÉ DE QUÉ SERÁN ESTAS MARCAS.

Registrar la escena de un crimen tiene sus complicaciones. No sabes qué pistas vas a pisar.

Después de limpiar el zapato, fuimos a la casa vecina a hablar con Janet. Solo sonrió cuando supo que la escultura había desaparecido.

¡QUÉ ASCO! SEGURO ES DEL PERRO DE JANET, RASCAL, QUE SIEMPRE SE METE A NUESTRO JARDÍN.

¡HACER RUIDO CON UN MARTILLO NO ES ARTE! TAL VEZ AHORA LAYNE SE DECIDA POR LA PINTURA Y TODOS TENGAMOS UN POCO DE PAZ Y TRANQUILIDAD.

Íbamos en camino a hablar con Úrsula, cuando nos encontramos con Nicolás Musicco. Estaba pescando con su papá y aunque no pescaron ningún pez, sí una pista.

¡ALGUIEN ECHÓ UN EXTRAÑO OBJETO DE METAL AL RÍO, ¡Y LO ESTÁ CONTAMINANDO!

¡ES LA ESCULTURA! EL LADRÓN DEBIÓ DE TIRARLA DESDE EL PUENTE.

ESTA ES LA MITAD DE LA SOLUCIÓN DEL CASO. TODAVÍA TENEMOS QUE AVERIGUAR QUIÉN FUE.

¡MUÉVANSE O PIÉRDANSE, DETECTIVES!

¡CUIDADO, BEN!

¡BRRUUMM!

Ben McGintley es el peor matón del mundo, pero ni siquiera él puede ignorar a Alison cuando está enfadada. Lo alcanzamos en la falda de la colina.

¡ALGUIEN ROBÓ UNA PIEZA DE ARTE DE LAYNE, BEN!

YO NO TOMÉ NINGUNA ESCULTURA, PERO VI A ÚRSULA POR EL JARDÍN DE LOS JENNINGS AYER.

Ben no nos quiso decir nada más, lo único que le interesaba era volver a su carrito de balineras. Camino a la casa de Úrsula, hicimos una parada rápida para llamar a Layne y contarle sobre su escultura.

LAYNE NO SONÓ SORPRENDIDA DE QUE HUBIÉRAMOS ENCONTRADO SU ESCULTURA EN EL RÍO.

¡QUÉ RARO!

Rey Sorbete
24 horas

99¢

Cuando llegamos a casa de Úrsula, estaba trabajando en la obra con la que iba a participar en el concurso. Le dijimos que habíamos encontrado la escultura de Layne en el río.

BEN NOS DIJO QUE TE VIO POR LA CASA DE LAYNE AYER, ÚRSULA.

USTEDES SON LOS PEORES DETECTIVES DEL MUNDO. LAYNE SABÍA QUE NO PODÍA GANARME. Y POR ESO ECHÓ SU ESCULTURA AL RÍO.

Después de salir de donde Úrsula, no pude sacarme de la cabeza sus palabras. ¿Layne estaría tan asustada de perder el concurso que se había inventado la historia del robo?

¿DE VERDAD CREES QUE LAYNE NOS ESTÁ ENGAÑANDO?

MIRA, ALLÁ ESTÁ. ¡NO DEJEMOS QUE NOS VEA!

SU PAPÁ ESTÁ AYUDÁNDOLE A SACAR LA ESCULTURA DEL RÍO. NO SE VE PARA NADA FELIZ.

AL ESTAR LA PUERTA ABIERTA, CUALQUIERA PUDO ENTRAR Y TOMAR LA ESCULTURA. O TAL VEZ ÚRSULA TIENE RAZÓN Y LAYNE SE INVENTÓ TODO ESTE ROLLO.

CREO QUE FUISTE TÚ EL QUE TIRÓ SU CEREBRO AL RÍO, MAX. YA SÉ QUIÉN FUE.

¿Quién echó la escultura al río? En la página 78 puedes ver la solución.

¿Qué es?

Acertijo de identificación visual

Observa con atención estos primeros planos de objetos de garaje, a ver cuántos puedes identificar.

A

B

C

D

E

F

RESPUESTA EN LA PÁGINA 83.

El caso del escape de la serpiente

Max Finder
CASOS MISTERIOSOS

Max — Alison

¿Sabías que el cerebro es 80% agua? Aquí Max Finder, detective de secundaria. Era una mañana de domingo y yo debería estar todavía en cama, pero Alison recibió una llamada de Jeff Coleman. Teníamos un misterio para resolver.

meadows plaza / ESCAMAS COLAS GEMAS / ESCAMAS Y COLAS / Gemas

JEFF NO BROMEABA CUANDO DIJO QUE HABÍA UN PROBLEMA EN LA TIENDA DE ANIMALES DE SU PAPÁ.

SONABA PREOCUPADO POR EL TELÉFONO, PERO NO ESPERABA VER A LA POLICÍA AQUÍ.

POLICE

¡OYE! ¡CUIDADO, IMBÉCIL!

¡CRRR!

TRANQUILA, ALISON. ESE ES LUCAS, LE GUSTA APLASTAR CHICOS SOLO POR DIVERSIÓN.

La policía estaba allí, pero no tomaban en serio al papá de Jeff.

UNA CULEBRA DESAPARECIDA NO ES UN CRIMEN, SEÑOR COLEMAN. NO TENEMOS SEÑALES DE QUE ALGUIEN HAYA ENTRADO POR LA FUERZA..

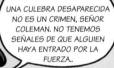

PERO, USTED NO ENTIENDE...

Cuando la policía se fue, entramos a la tienda y Jeff nos contó los detalles.

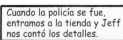

ANOCHE, KONG, NUESTRA SERPIENTE REAL, ESCAPÓ DE SU TANQUE Y NO HEMOS PODIDO ENCONTRARLA, AUNQUE ES DIFÍCIL NO VERLA: ES CASI TAN LARGA COMO UNA MESA DE PING-PONG.

¿SERPIENTE REAL? ¡SUENA PELIGROSA!

ABIERTO

KONG ES QUIEN ESTÁ EN PELIGRO. LAS SERPIENTES REALES SON INOFENSIVAS, PERO NECESITAN CUIDADOS ESPECIALES. ¡TIENEN QUE AYUDARNOS A ENCONTRARLA!

TE LO DIJE LA SEMANA PASADA, ¡LA RESPUESTA ES NO! ¡MÁS BIEN, AYÚDANOS A ENCONTRAR A KONG!

ANNETTE PARECE ENFADADA.

PARECE QUE MI PAPÁ LE NEGÓ DE NUEVO EL AUMENTO QUE LE HA PEDIDO. AUNQUE NO ES EXTRAÑO: ES SU CULPA QUE KONG SE HAYA PERDIDO. ANOCHE OLVIDÓ CERRAR BIEN LA PUERTA TRASERA.

¿POR QUÉ ESTÁ AL REVÉS LA REJILLA DEL DUCTO DE VENTILACIÓN? QUÉ RARO.

VENTILACIÓN

¡AAAAH!

¡HOLA! PERDÓN POR ASUSTARTE. ¿ERES ALISON? JEFF ME DIJO QUE ERES UNA DETECTIVE. ¿ES VERDAD?

La parlanchina era Stefanie, le encantaba la tienda de animales. Su hermano, Eric, trabajaba en la joyería de al lado, pero perdió su trabajo la semana pasada.

STEFANIE LLEGÓ MUY TEMPRANO PARA AYUDAR A BUSCAR A KONG. ¡NO TUVIMOS NI QUE LLAMARLA!

PERDÓN POR ASUSTARTE. MI HERMANO DICE QUE SOY BUENA PARA ESCONDERME. OYE, JEFF, ¿LES DIJISTE SOBRE LUCAS?

HACE UN PAR DE DÍAS, LUCAS HAJDUK VINO A LA TIENDA PARA COMPRAR A KONG, PERO MI PAPÁ LE DIJO QUE ERA MUY JÓVEN COMO PARA CUIDAR DE UNA SERPIENTE.

¡LUCAS SE ENFADÓ MUCHO, LE GRITÓ AL SEÑOR COLEMAN Y SE MARCHÓ DANDO UN PORTAZO!

Annette juró que había cerrado las puertas, y verificado que todo estuviera bien cerrado antes de irse. Ella había sido la última en ver a Kong en su tanque.

STEFANIE SE QUEDÓ HASTA QUE CERRAMOS. DEBIÓ SALIR POR LA PUERTA DEL FRENTE MIENTRAS YO ESTABA EN LA OFICINA. CUANDO SALÍ, YA NO ESTABA. ENTONCES CERRÉ Y ME FUI A CASA A VER TELEVISIÓN.

Annette y Lucas estaban enfadados con el señor Coleman. Teníamos dos sospechosos. Decidimos hacerle seguimiento al sospechoso número dos.

LUKAS SIEMPRE VA A MONTAR BICICLETA AL PARQUE.

HAGÁMOSLE PREGUNTAS AL CHICO BICICRÓS.

Lucas negó haberse llevado a Kong, pero nos dijo algunas cosas sobre Annette. La hermana mayor de Lucas era amiga de la administradora.

ANNETTE DIJO QUE SI EL SEÑOR COLEMAN LE NEGABA EL AUMENTO, IBA A RENUNCIAR Y A HACER QUE SE ARREPINTIERA DE DECIRLE QUE NO.

Volvimos a la tienda de animales. No habían encontrado a Kong todavía, pero Eric, el hermano de Stefanie, estaba allí y parecía tener prisa por marcharse.

LLÁMENME CUANDO ENCUENTREN A KONG.

El papá de Eric y Stefanie se había accidentado y no podía trabajar. La familia no tenía mucho dinero y ahora que Eric estaba desempleado, iba a ser difícil para ellos.

El lunes en la mañana pasamos por la tienda antes de ir a la escuela, para ver si habían encontrado a Kong. Todavía no, pero la policía estaba de nuevo allí.

¡LOS LADRONES SE METIERON A LA JOYERÍA ANOCHE!

Un montón de diamantes había desaparecido y la policía sí tomaba el caso en serio. Entonces, le echamos un vistazo a la escena del crimen.

SOY EL ÚNICO QUE TIENE LLAVES DE LA JOYERÍA. AYER NO ABRIMOS, PERO ESTOY SEGURO DE QUE PRENDÍ LA ALARMA. NO ENTIENDO CÓMO PUDIERON ENTRAR.

NO HAY SEÑALES DE QUE FORZARAN LA ENTRADA, DESACTIVÓ LA ALARMA Y SE LLEVÓ LAS GRABACIONES DE LA CÁMARA DE SEGURIDAD. PARECE EL TRABAJO DE UN EMPLEADO DE LA JOYERÍA.

TAL VEZ EL LADRÓN SE LLEVÓ LOS DIAMANTES EL SÁBADO EN LA NOCHE, QUE FUE CUANDO APAGARON LA ALARMA.

¡ES DECIR QUE LOS DIAMANTES Y KONG DESAPARECIERON LA MISMA NOCHE!

NO HAY TIEMPO DE BUSCAR LADRONES DE DIAMANTES. ¡TENEMOS QUE ENCONTRAR A KONG!

NO PIERDAS LA PIEL, JEFF. EL ROBO DE LOS DIAMANTES Y EL ESCAPE DE KONG ESTÁN RELACIONADOS. Y YO YA SÉ DÓNDE ESTÁ TU SERPIENTE.

Y YO SÉ QUIÉN ESTÁ DETRÁS DE TODO ESTO.

¿Sabes quién está detrás de la desaparición de Kong? Ve a la página 78 si quieres confirmar la solución.

Juego de iguales

Solo tres fotos idénticas de animales aparecen en los tres recuadros.
¿Puedes encontrarlas?

RESPUESTA EN LA PÁGINA 83.

El caso del
ladrón de bicicletas

Max Finder

CASOS MISTERIOSOS

Max

Alison

El caso del ladrón de EN bicicletas

¿Sabías que hay más de mil millones de bicicletas en el mundo? Dato por cortesía de Max Finder, detective de secundaria. Era una mañana de sábado en Whispering Meadows y estábamos en la más aburrida misión de vigilancia en la historia detectivesca.

SE ME DURMIÓ EL TRASERO, MAX.

Centro Recreacional

Horario de la piscina

EL LADRÓN DE BICICLETAS NO VA A APARECER, MAX. ¿PODEMOS DEJARLO POR HOY?

El chico con el trasero dormido es Nicolás Musicco. Alguien le había robado su bicicleta del estacionamiento mientras nadaba en la piscina. Es una bicicleta con una franja azul. Difícil no verla, pero no teníamos pistas.

ALLÁ ESTÁ EL CAMIÓN DE LOS HELADOS. ¿QUIÉN QUIERE UNO?

EL GRAN HELADO

POR FIN SE PUSO BUENO ESTO.

El camión de los helados viene a la piscina todos los sábados. Es decir, cuando el camión no está averiado. Glen trabajaba para una heladería local.

CAFÉ FRESCO DEL CAFÉ DE LA RUEDA

SIENTO LLEGAR TARDE, PERO TUVE QUE IR A RECOGER CAFÉ FRESCO CERCA DE LA PISTA DE PATINAJE. PARECE HABER MÁS GENTE AQUÍ. ESTUVE UNA HORA ALLÁ Y NADIE COMPRÓ HELADO.

SKREEEEEEE

¡MAX, ALGUIEN ROBÓ MI BICICLETA! ¡AYÚDAME!

¡EL LADRÓN DE BICICLETAS ATACÓ DE NUEVO!

¡ESTÁBAMOS VIGILANDO EL LUGAR EQUIVOCADO!

La pista de patinaje estaba muy silenciosa para ser sábado. Crystal dijo que le había puesto un buen seguro a su bicicleta. Después fue por un helado y a patinar durante una hora.

CUANDO VOLVÍ AL ESTACIONAMIENTO DE BICICLETAS, LA MÍA YA NO ESTABA.

Incluso los mejores seguros no son obstáculo para los ladrones. Algunos usan sierras o martillos para romperlos, o incluso, los abren con gatos de auto.

PARECE ACEITE.

EL LADRÓN HIZO UN DESASTRE CUANDO SE LLEVÓ TU BICICLETA.

¿VISTE A ALGUIEN POR EL ESTACIONAMIENTO DE BICICLETAS?

LANCE REEVES ESTABA BUSCANDO A SU HERMANO, PERO PUDO SER UNA DISCULPA.

HE OÍDO HABLAR DE LANCE; TRABAJA COMO MENSAJERO. EL MES PASADO TRATÓ DE VENDERLE A MI HERMANO SOFTWARE ILEGAL. TAL VEZ AHORA VENDE BICICLETAS ROBADAS.

Todos los mensajeros de la ciudad suelen pasar el tiempo en el Café de la Rueda. Y a pesar de ser sábado, fuimos al café a echar un vistazo y valió la pena. Lance estaba allí hablando con su hermano menor, Félix. No sonaba amigable.

DILE A LUCAS QUE UN TRATO ES UN TRATO. ¡QUIERO MI DINERO!

Lance y Félix entraron al café y Alison y yo aprovechamos para registrar el callejón.

¡EL SEGURO DE LA BICICLETA DE CRYSTAL!

PARECE QUE LANCE ARROJÓ LA EVIDENCIA AL BASURERO.

Habían roto el seguro con algo muy poderoso y las partes estaban cubiertas con el aceite que estaba en el estacionamiento de bicicletas.

ALLÁ VA FÉLIX. ¡NO PODEMOS PERDERLE LA PISTA!

Félix cruzó la ciudad como si lo persiguieran. Lo seguimos hasta un barrio que no conocíamos, pero allí se encontró con alguien que sí conocíamos bien.

MIRA, ¡ES LUCAS HAJDUK! SABÍA QUE ESTABA INVOLUCRADO EN ESTO.

TENEMOS QUE ECHARLE UN VISTAZO A ESE GARAJE.

Cuando Félix se marchó, fuimos a buscar la evidencia que necesitábamos.

MIRA, ¡LA BICI DE NICOLÁS! ¡LUCAS DEBE DE SER EL LADRÓN!

¡YO NO SOY NINGÚN LADRÓN! Y AHORA, ¡LARGO DE AQUÍ, ANTES DE QUE LES SAQUE TODO EL AIRE DE LA CABEZA!

¡LUCAS!

Lucas contó que su papá la había comprado por Internet y esta había llegado por correo. No conocía al vendedor. Esa era la bicicleta de Nicolás, pero Lucas no iba a dárnosla y yo tampoco lo iba a obligar.

VA A SER MUY DIFÍCIL ATRAPAR AL LADRÓN EN EL CIBERESPACIO.

De regreso a casa, nos encontramos con Glen y el camión de helados, al que se le había pinchado un neumático.

EL GRAN HELADO

Café de la Rueda

Café de la Rueda

¿OTRA VEZ VARADO, GLEN?

SÍ, PERO PUEDO ARREGLARLO SOLO.

En casa, Alison y yo entramos al sitio en Internet que Lucas había mencionado. La bicicleta de Nicolás seguía a la venta, lo que generaba más preguntas.

mundo subasta

FOR SALE BMX

contact: hoscopig@auctionworld.com

TAL VEZ NO LA HAN BORRADO TODAVÍA.

O LUCAS ESTÁ MINTIENDO Y ES ÉL QUIEN LA ESTÁ VENDIENDO POR INTERNET.

ESTOY CONFUNDIDA, MAX.

Contacto: elgrahel@mundosubasta.com

YO TAMBIÉN, PERO ESTE CORREO ELECTRÓNICO NOS DARÁ LA RESPUESTA.

¿Quién es el ladrón de bicicletas? Las pistas están aquí y en la página 79 está la respuesta.

Sopa de sospechosos

Todos los detectives necesitan una lista de posibles sospechosos. En esta lista, Max hizo una sopa de letras con los nombres de los sospechosos. ¿Podrías encontrarlos?

Pista: la lista contiene cinco nombres de los siguientes siete. Dorothy Pafko, Ben McGintley, Crystal Diallo, Tony DeMatteo, Bronco Spodek, Ethan Webster, Leslie Chang.

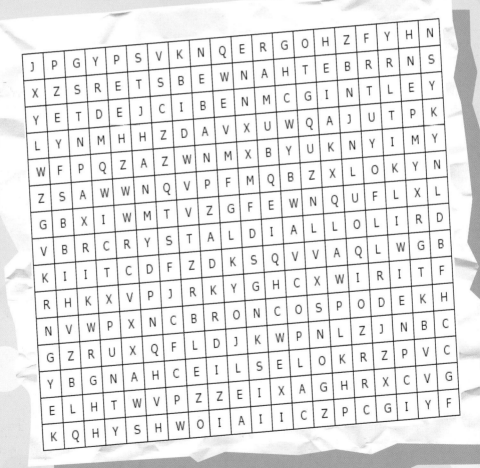

RESPUESTA EN LA PÁGINA 84.

El caso del hombre lobo de White Pine

Max Finder

Max   Alison

EN El caso del

hombre lobo de White Pine

¿Sabías que se pueden oler mejor las plantas antes de una tormenta? Dato por cortesía de Max Finder, detective de secundaria y coleccionista de datos inútiles. Había llegado el verano, esto significaba que pasaríamos dos semanas en el campamento de verano de White Pine, en donde podríamos escuchar los cuentos de miedo del supervisor del campamento, John Chu.

ESTA NOCHE LES VOY A CONTAR SOBRE LA MALDICIÓN DEL HOMBRE LOBO DE WHITE PINE.

SUENA MÁS A LA MALDICIÓN DEL ABURRIDÍSIMO CAMPAMENTO DE VERANO DE WHITE PINE.

Hace unos cien años, este bosque estaba lleno de lobos y leñadores. Una noche de luna llena, cerca de este campamento, un misterioso lobo mordió a un leñador a quien llamaban Jim el Grande.

La mordedura del lobo cambió a Jim. Le creció pelambre rojiza por todo el cuerpo y le salieron colmillos afilados. Jim el Grande se había convertido en un hombre lobo ¡y estaba hambriento!

Jim volvió a su campamento en busca de leñadores para comer. Cuando los hombres vieron al enorme hombre lobo y oyeron los aullidos que hacían eco entre los árboles, salieron despavoridos a perderse y nunca regresaron.

HASTA EL DÍA DE HOY, EL HOMBRE LOBO DE WHITE PINE MERODEA POR EL BOSQUE EN BUSCA DE CAMPISTAS QUE SE HAYAN ALEJADO DEMASIADO DEL CAMPAMENTO. ¡ASÍ QUE TENGAN CUIDADO!

JOHN CHU CUENTA LA MISMA HISTORIA CADA AÑO QUE VENIMOS. ¡ESTE CAMPAMENTO ES PARA PERDEDORES!

JESSICA Y SASHA ESTÁN DE LO MÁS AMARGADAS PORQUE NO PUDIERON PASAR EL VERANO EN EUROPA.

Al día siguiente...

TIENDA

¡MAX! ¡ANOCHE ALGUIEN ENTRÓ EN LA TIENDA DEL CAMPAMENTO!

La tienda era un desastre. Carla Baxter, la administradora encargada, dijo que había cerrado a las diez de la noche y se había ido directo a dormir en su cabaña.

HACEN FALTA UN MONTÓN DE DULCES. ¿SERÁ QUE MAPACHES LOS ARRASTRARON Y SE LOS LLEVARON?

NO HAY HUELLAS CERCA DE LA PUERTA, NO CREO QUE HAYAN ARRASTRADO NADA.

LOS MAPACHES NO PUEDEN ABRIR BOLSAS DE PAPAS FRITAS, COMO ESTA, SIN DESGARRARLAS.

Y LOS MAPACHES NO TIENEN PELO ROJIZO.

¡PELO ROJIZO!

¡FUE EL HOMBRE LOBO DE WHITE PINE!

Los rumores de que el hombre lobo de White Pine había saqueado la tienda del campamento se regaron más rápido que la pólvora.

NO PIENSO IR AL BOSQUE SI ESE HOMBRE LOBO ANDA SUELTO POR AHÍ.

¡YO TAMPOCO!

Alison y yo sabíamos que el hombre lobo no existía. Era obvio que alguien estaba usando la leyenda para encubrir sus fechorías y nosotros íbamos a desenmascarar al culpable.

TENÍAS RAZÓN, JOHN, AHORA QUE LA TIENDA DEL CAMPAMENTO ESTÁ CERRADA, PUEDO IR Y DIVERTIRME AFUERA. DETESTABA ESTAR ENCERRADA ALLÁ ADENTRO.

Irene, la cocinera del campamento, tampoco estaba triste de ver la tienda cerrada.

FINALMENTE SE VAN A COMER LO QUE COCINO, AHORA QUE YA NO TIENEN DULCES QUE LES ECHEN A PERDER EL APETITO.

Después del desayuno Alison se fue a navegar y yo me quedé trabajando en una máscara. Le pregunté a Jessica qué opinaba del saqueo.

ME ENCANTARÍA AYUDARTE A RESOLVER EL MISTERIO, MAX, PERO ANOCHE ESTABA METIDA ENTRE MI CAMA.

Alison tomó un descanso de remar y aprovechó el momento para charlar con Leslie Chang.

JOHN DIJO QUE CARLA LE HABÍA DADO TODOS ESTOS CHOCOLATES. ¡TAL VEZ FUERON ELLOS QUIENES SAQUEARON LA TIENDA!

CARLA DIJO QUE ESTABA DURMIENDO EN SU CABAÑA CUANDO SUCEDIÓ EL ROBO.

¡ESO DICE! PERO YO ME ESTOY QUEDANDO EN LA MISMA CABAÑA QUE ELLA, Y ANOCHE ESTUVO POR FUERA TANTO TIEMPO QUE JESSICA Y SASHA TUVIERON TIEMPO DE ESCABULLIRSE LARGO RATO TAMBIÉN.

De camino al comedor para almorzar, vi al señor Payton, el jardinero del campamento.

IRENE ME PIDIÓ PRESTADA ESTA HERRAMIENTA AYER Y ME LA DEVOLVIÓ CON LOS DIENTES TORCIDOS Y TODA LLENA DE PINTURA MARRÓN.

IRENE DICE QUE DEJÓ LA HERRAMIENTA IGUAL A COMO SE LA PRESTARON, EN PERFECTAS CONDICIONES, Y QUE LA DEJÓ AFUERA DEL COBERTIZO.

PERO EL SEÑOR PAYTON LA ENCONTRÓ ENTRE EL MONTE, DETRÁS DE LA CABAÑA DE CARLA Y LAS CHICAS.

¡EL HOMBRE LOBO ESTÁ EN LA CUEVA! ¡AUXILIO!

La cueva no estaba tan al interior del bosque, por lo que Alison y yo decidimos ir a echar un vistazo.

ESTÁ MUY OSCURO AQUÍ ADENTRO.

NO HAY HUELLAS DE LOBO, PERO SÍ MUCHAS ENVOLTURAS DE DULCES.

Esa noche...

EL MISTERIOSO HOMBRE LOBO ASUSTÓ TANTO A TODO EL MUNDO QUE NADIE QUERRÁ SABER DE CUENTOS DE MIEDO ESTA NOCHE.

AQUÍ NO HAY NINGÚN MISTERIO. EL HOMBRE LOBO DE WHITE PINE ESTÁ SENTADO EN ESTA FOGATA EN ESTE MISMO MOMENTO.

¿Sabes quién saqueó la tienda del campamento y se hizo pasar por el hombre lobo? Todas las pistas están aquí. Ve a la página 80 para confirmar la respuesta.

Advertencia sospechosa

Se les está advirtiendo a los campistas del campamento de verano de White Pine que no naden en el lago, ¡porque está infestado de pirañas hambrientas! Lee las pistas más abajo para que descubras si la historia es real. ¿Cómo resolverías el caso?

DIARIO WHITE PINE

Prohibido nadar

En verano, cientos de campistas vienen al lago de White Pine. Aunque la temperatura del agua nunca sube de diecinueve grados centígrados, a los campistas les encanta nadar en él. Pero este año se han oído rumores de que las pirañas han llegado al lago y han hecho de él su hogar. Así, nadie quiere entrar en el pequeño lago de agua dulce. Todos echan de menos nadar, pero nadie quiere correr el riesgo de que las pirañas los ataquen.

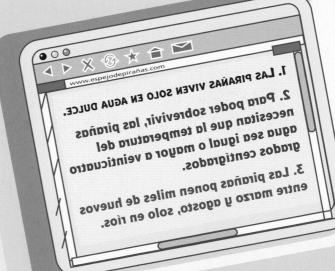

www.espejodepirañas.com

1. LAS PIRAÑAS VIVEN SOLO EN AGUA DULCE.

2. Para poder sobrevivir, las pirañas necesitan que la temperatura del agua sea igual o mayor a veinticuatro grados centígrados.

3. Las pirañas ponen miles de huevos entre marzo y agosto, solo en ríos.

RESPUESTA EN LA PÁGINA 84.

¿Quién?

¿Qué?

¿Cuándo?

¿Dónde?

¿Cómo?

¿Por qué?

Soluciones de los casos

El caso de la tarjeta de básquetbol
(página 11)

¿Quién se robó la tarjeta de Vince McGrady?
- **Josh "Bronco" Spodek.** Durante el partido de básquetbol Bronco fingió haberse lastimado y, mientras estuvo solo en el camerino de los jugadores, tomó la tarjeta de la mochila de Ethan, porque estaba cansado de oírlo presumir de la tarjeta.

¿Cómo resolvió Alison el caso?
- Alison se dio cuenta de que Bronco había fingido la lesión del brazo cuando lo vio cargando la enorme bolsa llena de ositos en la Gran Convención para Coleccionistas de Cómics y Tarjetas.
- Cuando vio que Bronco tenía una hermana pequeña, Alison supo que él era el ladrón. El chico hizo que su hermana llamara a la tienda de cómics para preguntar si querían comprar la tarjeta de Vince McGrady. Bronco era cliente de la tienda, por lo que no podía llamar él, porque lo reconocerían por su voz grave.

¿Qué estaban haciendo los demás en la convención?
- El entrenador Sweeny acababa de comprar una tarjeta de básquetbol rara para añadir a su colección.
- Crystal en verdad estaba buscando un regalo de cumpleaños para su hermano. Leo

Ducharme se sintió tan avergonzado de que lo vieran con su colección de ositos, que huyó de los detectives.

Conclusión
Cuando Max y Alison confrontaron a Bronco, él confesó haber robado la tarjeta. Por suerte para Ethan, Bronco no la había vendido todavía y pudo devolvérsela. Aunque al principio Ethan estaba enfadado con su amigo por robarle la tarjeta, eventualmente lo perdonó, hicieron las paces y continuaron trabajando en llave dentro y fuera de la cancha de básquetbol.

El caso del disco rayado
(página 17)

¿Quién rayó el disco?
- **Emma Chang.** Estaba celosa de la amistad de Leslie con Gabriela y quiso hacer enfadar a su hermana para que no volvieran a ser amigas. Emma se escabulló a la sala y se puso las medias de Gabriela antes de ir a la cocina y abrir el refrigerador. Usó la luz de este para poder ver mientras rayaba el disco de Leslie con la navaja de su hermano Doug.

¿Cómo resolvió Max el caso?
- Dorothy Pafko solo vio las medias de Gabriela, puesto que la puerta del refrigerador tapaba el resto del cuerpo de la persona que estaba en la cocina. Emma tenía la esperanza de que una de las chicas se despertara y viera las medias

Soluciones de los casos

de colores de Gabriela y supusiera que se trataba de ella.

- Dorothy no vio la cabeza de la persona debido a que la puerta la tapaba, pero Gabriela es alta. Si hubiera sido ella quien hubiera estado tras la puerta del refrigerador, la cabeza habría sobresalido sobre esta. Así Max pudo deducir que quien se hizo pasar por Gabriela era más bajita, como Emma.
- Cuando Nanda se quejó por el ruido de la puerta en el corredor que lleva a las habitaciones que la había despertado, Max supo que había sido Emma, que había salido de su habitación para ir a la sala.

Conclusión

Cuando confrontaron a Emma con los hechos, se disculpó y accedió a comprarle a Leslie otro disco compacto para reponer el que había echado a perder. Ahora, Leslie y Gabriela dejan que Emma juegue al hula hula con ellas, y en verdad se está volviendo muy buena.

El caso del equipo de sonido roto

(página 23)

¿Quién dejó caer el equipo de sonido de Tony?

- **Nanda Kanwar.** Estaba enfadada con Tony porque ganó el concurso de disfraces, entonces decidió esconder el equipo de sonido para asustarlo. Pero la idea le salió mal,

cuando se le resbaló por las escaleras.
- Nanda fingió ser Leslie Chang poniéndose su disfraz. Como ella era la organizadora de la fiesta, nadie iba a impedirle que sacara el equipo del gimnasio.
- Nanda planeaba esconder el equipo detrás de la mesa de las entradas, pero el carrito siguió derecho y no lo pudo detener antes de que se cayera escaleras abajo.

¿Cómo resolvió Max el caso?

- Había pintura verde en la capa de Leslie y a Nanda se le había corrido la pintura verde alrededor del cuello por usar la capa.
- Tanto Tony como Leo dijeron que la persona que había tomado el equipo de sonido tenía enormes pies verdes, y el disfraz de Nanda incluía estos pies.
- Nanda mintió al decir que había visto a Leslie llevar el carrito con el equipo fuera del gimnasio. ¡Era realmente ella quien lo había hecho!
- Max y Alison no le dijeron a nadie dónde se estaba escondiendo Ben, pero Nanda bromeó con Dorothy diciéndole que el matón estaba escondido debajo de las escaleras. Nanda sabía, porque Ben la había asustado cuando ella trataba de huir después de que el equipo de sonido cayó escaleras abajo.

Conclusión

Nanda confesó haber hecho añicos el equipo de sonido. Fue un accidente, y ella se disculpó con Tony. También se disculpó con Leslie, por tratar de echarle la culpa. El papá de Tony arregló el equipo y el chico lo donó a la escuela. Ahora todos pueden usarlo durante el almuerzo y los recesos lluviosos.

Soluciones de los casos

El caso del intercambio jabonoso
(página 29)

¿Quién cambió los chocolates por jabón?
- **Tony DeMatteo.** Cambió los chocolates de Nanda por jabón, porque Alex Rodríguez le prometió que le iba a dar la tabla para esquiar.

¿Cómo resolvieron el caso Alison y Max?
- Max reconoció la letra de Alex en la nota del libreto. La había visto en el letrero que Alex había escrito anunciando la venta de chocolates afuera del supermercado.
- Alison supo que el libreto que había encontrado Nanda pertenecía a Tony, porque no tenía ninguna anotación. Él no tenía ningún diálogo en la obra, por lo que no necesitaba apuntar nada.
- La tienda de jabones ya no vendía esos jabones en particular, entonces el culpable tenía que haber tenido acceso a la bodega de la tienda, en donde estaban almacenados. La camioneta en la casa de Tony tenía el mismo logo de la tienda de jabones y la mamá de él era la dueña de la tienda. Así, Tony tenía acceso a la bodega y por tanto a los jabones.

¿Cómo hizo Tony el cambio?
- En el autobús de regreso a casa Alex distrajo a Nanda convenciéndola de que siguieran ensayando, mientras Tony hacía el cambio sigilosamente, pero le tomó varios intentos y por eso la conductora tuvo que mandarlo a sentar varias veces.

Conclusión
- Cuando fueron confrontados con los hechos, Alex y Tony admitieron haber trabajado conjuntamente para hacer perder a Nanda. Alex fue descalificado y Tony devolvió los chocolates.
- Se recogió mucho dinero para caridad y Nanda ganó la tabla de esquiar. La vieron muy contenta guardándola mientras esperaba ansiosamente la primera gran nevada del año.

El caso de las huellas de arena
(página 35)

¿Quién echó arena en la nieve?
- **Nate Yamada.** Estaba tan enfadado porque no lo aceptaron como patrullero de esquí, que quería hacer quedar mal a los otros patrulleros.

¿Cómo resolvió Max el caso?
- Nate no era un patrullero real y no tenía el uniforme completo, como Carla. No llevaba puesta la gorra roja de patrullero ni tenía la chaqueta correcta. Además, Carla mencionó que Nate era el operador de las telesillas, que era su trabajo real.
- Cuando Carla le dijo a Max que faltaba un chaleco de patrullero, Max recordó haber visto a Nate con uno puesto, entonces supo que el chico estaba haciéndose pasar por patrullero.
- Las huellas en el bosque eran de botas de esquí, pero Nanda estaba usando una tabla,

Soluciones de los casos

que requiere de un tipo de botas diferente.
- La mochila que encontraron Max y Alison junto a la arenera era de Nate. La llevaba consigo cuando detuvo a los detectives.

Conclusión
- Como Nate estaba muy molesto porque no lo contrataron como patrullero de esquí, quería hacer quedar mal a los otros patrulleros. Robó uno de los chalecos de patrullero y llenó su mochila de arena para regarla en las pistas.
- Cuando estaba llenando la mochila se sorprendió al ver al señor Zilkowsky, entonces la dejó caer y salió a correr. El señor Zilkowsky estaba robando arena para echarla en el camino de entrada a su casa.
- Nate se disculpó con los patrulleros de esquí y arregló las pistas. Después de la nevada quedaron perfectas.

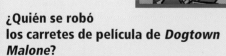

El caso de la película perdida
(página 41)

¿Quién se robó los carretes de película de *Dogtown Malone*?
- **La señora Doyle.** La mujer no quería que los chicos vieran *Dogtown Malone* porque era demasiado violenta. Entonces saboteó la máquina de las crispetas, se robó los carretes de la película y los escondió debajo del escenario de la sala de cine.

¿Cómo resolvieron el caso Max y Alison?
- La señora Doyle dijo que había estado en la oficina de Trina desocupando el basurero cuando la máquina de crispetas explotó, pero cuando Max y Alison estuvieron en la oficina el basurero estaba lleno.
- Melanie vio a la señora Doyle recogiendo basura en la parte delantera, pero cuando Max y Alison estuvieron ahí el piso estaba lleno de basura y allí encontraron la etiqueta de los carretes de la película. La señora Doyle estaba escondiendo los carretes debajo del escenario.
- Cuando la señora Doyle se quejó de que *Dogtown Malone* era demasiado terrorífica para niños, la bolsa de basura que tenía entre las manos estaba vacía.

¿Qué se traían entre manos Ethan, Bronco y Melanie?
- Bronco estaba ayudando a Ethan a colarse en el teatro sin pagar. Melanie los vio y accedió a no decir nada si los deportistas votaban por *Buscando a Tutú* para que la presentaran la siguiente semana.

Conclusión
- La señora Doyle confesó haber robado los carretes cuando Max y Alison la encontraron debajo del escenario. La mujer era la mejor empleada de Trina, entonces no perdió su trabajo. Incluso Trina le permitió usar tapones de oído durante la proyección de *Dogtown Malone*.

¿Quién? ¿Qué? ¿Cuándo?

Soluciones de los casos

El caso del ataque artístico
(página 47)

¿Quién robó la escultura de Layne?
- **Ben McGintley.** Ben vio a Úrsula fisgoneando por el jardín de Layne, entonces la chica le mostró la escultura. Ben quería las ruedas de la escultura para su carrito de balineras.
- Después, el chico volvió en su bicicleta al jardín de Layne y se llevó la escultura en un remolque. Una vez él y sus amigos sacaron las ruedas, tiraron la escultura al río.

¿Cómo resolvió Alison el caso?
- Las huellas a la entrada del jardín de Layne coincidían con las ruedas de la bicicleta y el remolque de las herramientas de Ben.
- Alison solo le dijo a Ben que habían robado "una pieza de arte de Layne", no especificó que se trataba de una escultura, pero él respondió que no había tomado la escultura.
- Cuando Layne y su papá sacaron la escultura del río y la montaron en su camioneta, los detectives se dieron cuenta de que hacían falta las ruedas, y Alison notó que Ben las tenía puestas en su carrito de balineras.

Conclusión
- Después de que Layne amenazara a Ben con tirar su carrito de balineras al río, el matón confesó haber robado la escultura. Finalmente devolvió las ruedas y su papá le prohibió montar el carrito por un mes.
- Úrsula se disculpó por haberles mentido a los detectives, pues no resistió la tentación de darles información equívoca.
- Layne volvió a poner las ruedas en su escultura y pudo participar en el concurso. ¡Todos los jueces estaban muy impresionados de cómo había logrado darle ese olor a fondo de río a su obra de arte!

El caso del escape de la serpiente
(página 53)

¿Quién está detrás de la desaparición de Kong y el robo de los diamantes?
- **Stefanie y su hermano Eric.** Pensaron que vender los diamantes resolvería sus problemas económicos.
- El sábado en la noche, Stefanie no se fue de la tienda de animales. Se escondió detrás del tanque de Kong y esperó a que Annette se marchara. Después, dejó entrar a su hermano por la puerta trasera.
- Eric se arrastró por el ducto de ventilación hasta la joyería. Como solía trabajar allí, sabía cómo apagar la alarma. Tomó las grabaciones de las cámaras de seguridad, robó los diamantes y se devolvió a la tienda de animales por el ducto de ventilación.

Soluciones de los casos

• Después los dos hermanos salieron por la puerta trasera, pero no pudieron ponerle seguro. Por eso culparon a Annette de haberla dejado mal cerrada.

¿Dónde está Kong?

• En la joyería.

¿Cómo escapó Kong?

• Cuando estaba subiendo al ducto de ventilación, Eric corrió sin querer la tapa del tanque con el pie. Stefanie estaba vigilando la puerta delantera, entonces no vio cuando la serpiente salió fuera del tanque, subió por la planta y se fue por el mismo ducto que Eric, hacia la joyería.

¿Cómo resolvieron el caso Alison y Max?

• Annette estaba demasiado ocupada en la oficina y no se dio cuenta de si Stefanie se había marchado o no.

• Stefanie apareció a la mañana siguiente para ayudar a buscar a Kong, pero nadie le había dicho que la serpiente había desaparecido.

• La chaqueta de Eric estaba rasgada y la tela coincidía con el jirón que había quedado atascado en el ducto de ventilación de la joyería.

Conclusión

• Stefanie y Eric confesaron haber tomado los diamantes. Encontraron a Kong escondida en la joyería.

• Los dos hermanos estaban metidos en serios problemas y ambos juraron no volver a robar. El señor Li no quería que Eric fuera a la cárcel, entonces no levantó cargos y hasta le ayudó a conseguir otro trabajo.

El caso del ladrón de bicicletas
(página 59)

¿Quién robó las bicicletas?

• **Glen.** Estacionó el camión de helados frente al anclaje de las bicicletas y cuando nadie estaba mirando, rompió el seguro de la bicicleta de Crystal con un gato hidráulico y después montó la bicicleta en el camión y se marchó. Había hecho lo mismo con la bicicleta de Nicolás el fin de semana anterior en la piscina.

¿Cómo resolvieron el caso Alison y Max?

• El aceite que manchaba el delantal de Glen era del mismo tipo que habían encontrado en el estacionamiento de bicicletas y en el seguro roto de la bicicleta de Crystal.

• En el basurero donde encontraron el seguro de Crystal había potes desocupados de helado de la marca El Gran Helado. Glen los había botado, junto con el seguro, cuando había ido a recoger el café antes de ir a la piscina.

• Glen se había quejado de que estaba prácticamente solo en la pista de patinaje, lo que le había dado todo el tiempo del mundo para robarse la bicicleta de Crystal.

• El ladrón había usado un gato que chorreaba aceite para romper el seguro, igual que el gato que usaba Glen para cambiar los neumáticos del camión de helados.

Soluciones de los casos

- La dirección electrónica del sitio en Internet que vendía las bicicletas era una abreviación de El Gran Helado (elgrahel), la compañía de helados para la cual trabajaba Glen.

Conclusión
- Glen perdió su trabajo con la compañía de helados y lo sentenciaron a prestar servicio comunitario, recogiendo basura en la pista de patinaje. Devolvió la bicicleta de Crystal y el dinero que el papá de Lucas había pagado por la bicicleta de Nicolás.
- Lucas le debía dinero a Lance de un programa de computador que le había comprado. Félix fue a la casa de Lucas a recoger ese dinero.
- Nicolás recuperó su bicicleta y ahora usa dos seguros cuando deja su bicicleta en el estacionamiento de la piscina.

El caso del hombre lobo de White Pine

(página 65)

¿Quién robó la tienda del campamento de verano y fingió ser el hombre lobo de White Pine?
- **Jessica, con ayuda de su amiga Sasha.** Jessica había estado en el campamento de White Pine el año anterior y conocía la leyenda del hombre lobo, entonces la usó para asustar a los otros campistas.

¿Cómo resolvieron el caso Alison y Max?
- Max vio a Jessica usar peluche rojizo para su máscara cuando estuvieron trabajando juntos en la mesa de manualidades. Era el mismo tipo de pelo que encontraron en la puerta de la tienda del campamento.
- La máscara de Jessica estaba en la cueva en donde habían visto al hombre lobo. La había dejado allí después de asustar a los campistas.
- Jessica dijo que estaba dormida cuando el robo había sucedido, pero Leslie Chang vio a Jessica y a Sasha salir de la cabaña esa noche.
- La herramienta del señor Payton tenía los dientes torcidos y estaba manchada de pintura porque la habían usado para hacer las marcas en la puerta de la tienda. Además, la habían encontrado detrás de la cabaña de Jessica, porque la chica la había tirado allí después del robo.

Conclusión
- Puesto que la tienda estaba cerrada mientras la limpiaban y arreglaban, Carla le había dado a John una bolsa de chocolates para que repartiera entre los campistas que participaran en el piragüismo.
- En la fogata, Max confrontó a Jessica y a Sasha con estos hechos, entonces las chicas no tuvieron más remedio que confesar que habían saqueado la tienda del campamento y habían fingido ser el hombre lobo. Como castigo, las enviaron de regreso a casa y tuvieron que pagar por los dulces que habían robado.

El juego de las tarjetas (página 16)

Jerome Smith es la tarjeta falsa. El holograma plateado debería ser dorado, el nombre de su equipo tiene un error y la suma de su promedio no es correcta.

La tarjeta debería decir:

Año	Equipo	GP	FG%	FT%	REB	AST	STL	BLK	PTS	AVG
04-05	Volcanes	69	.428	.731	387	137	75	17	673	8.7
05-06	Volcanes	75	.475	.740	405	198	71	25	728	8.9
TOTAL		144	.452	.736	792	335	146	42	1401	8.8

Personas en la escena del crimen (página 22)

Dorothy dijo que había visto a alguien con medias coloridas en el refrigerador. Las huellas moradas (que pertenecen a la persona que tenía las medias de colores) van de la habitación de Emma hacia el corredor, a la cocina, al refrigerador. Emma Chang rayó el disco compacto.

Confusión de mensajes (página 28)

El orden correcto es h, c, b, d, g, f, i, a, e.
Crystal se confundió y se puso un disfraz de bruja igual al de Leslie. Crystal no leyó todos los mensajes cuando regresó de hacer las compras, entonces pensó que Leslie se iba a disfrazar de Frankenstein.

Fisgón de casilleros (página 34)

Tenis. Hay una raqueta y dos pelotas de tenis.
Cómics: *Archie, Mad o Supermán.*
BBQ: Tony tiene tres paquetes de papas con sabor a BBQ.
Amarillo. El reporte está en su carpeta.
Libros: *Kung Fu para principiantes,* uno de ornitología, *Aves estrigiformes, El gran libro de los búhos, Pequeño libro de los búhos.*
Dos rollos de película fotográfica. La cámara y los rollos están arriba.
Cataratas del Niágara, Ontario, Canadá. En el entrepaño del medio hay una postal, y en el superior la bola de cristal del barco *Dama de la niebla,* que es el que hace los *tours* por las cataratas del Niágara.

Prueba de espía (página 40)

1. **Falso.** El espionaje sirve para obtener información de un sospechoso. Es posible que ayude a atrapar al culpable o que provea evidencia de ello.

2. **Falso.** Primero se necesita el permiso de un juez.

3. **Verdadero.** Es mejor el espionaje en equipo, porque da la posibilidad de vigilar al sospechoso desde diferentes puntos de vista y en lugares distintos.

4. **Falso.** Los espías esconden cámaras minúsculas en relojes, botones de chaqueta, anteojos de sol, cachuchas y corbatas.

5. **Verdadero.** Los espías siempre quieren pasar desapercibidos y mimetizarse en el sitio donde estén trabajando. El camuflaje es cualquier prenda de vestir que les ayude a lograr este objetivo.

6. **Verdadero.** Cuando un espía vigila a un sospechoso, no debe mover la cabeza, solo los ojos. Así el sospechoso no sabrá que lo están observando.

7. **Falso.** Los espías siempre llevan un diario con anotaciones, toman fotos y graban videos, para tener registro de lo que ven.

8. **Falso.** Cuando un espía sabe que lo están siguiendo, debe caminar normalmente, pero haciendo cruces abruptos, para lograr perder a los perseguidores.

9. **Verdadero.** El espía debe tratar de encontrar al sospechoso siguiéndole la pista.

10. **Falso.** Espías masculinos y femeninos necesitan disfrazarse de hombres o mujeres de diferentes edades y razas. Por eso necesitan ropa, además de anteojos, pelucas y sombreros.

¿Qué es? (página 52)

A. Enchufe eléctrico.
B. Cortacésped.
C. Guante de jardinería.
D. Escoba.
E. Piñón de bicicleta.
F. Martillo.

Juego de iguales
(página 58)

Los tres animales que aparecen idénticos en los tres recuadros son:

Sospechosos en sopa (página 64)

Los sospechosos son:

Ethan Webster, Bronco Spodek, Crystal Diallo, Ben McGintley y Leslie Chang.

Tony DeMatteo y Dorothy Pafko no están en la lista de los sospechosos.

Advertencia sospechosa (página 72)

Es solo un engaño: no hay pirañas en el lago. El lago es demasiado frío para las pirañas. Pero incluso si lograran sobrevivir al agua fría, no podrían poner huevos en el lago. Para poder leer las pistas, pon el libro frente a un espejo. Estas son: Pista 1. Las pirañas viven solo en agua dulce. Pista 2. Para poder sobrevivir, las pirañas necesitan que la temperatura del agua sea igual o mayor a veinticuatro grados centígrados. Pista 3. Las pirañas ponen miles de huevos entre marzo y agosto, solo en ríos.

Fisgón de casilleros

(página 34)

Pon a prueba tu memoria y trata de responder las siguientes preguntas:

? ¿Qué otro deporte practica Tony, además de hockey?

? Menciona un cómic que Tony lea.

? ¿Cuál es el sabor de papas fritas favorito de Tony?

? ¿De qué color es el papel del reporte de Tony?

? Menciona dos libros que Tony tenga en su casillero.

? ¿Cuántos rollos de película fotográfica tiene Tony en su casillero?

? ¿A dónde ha viajado Tony recientemente?

RESPUESTA EN LA PÁGINA 82.

Max finder

A Max le encantan los misterios y es bueno investigando y recordando hechos poco comunes. Como su héroe, Sherlock Holmes, este detective de doce años usa la lógica y la observación para resolver casos en su pueblo natal, Whispering Meadows. Cuando no está resolviendo algún crimen con Alison, le gusta montar en patineta, jugar videojuegos y evitar a toda costa al matón de Ben McGintley.

Alison Santos

Alison y Max han sido amigos desde el jardín infantil y ambos comparten la pasión por los misterios. Cuando sea grande, Alison quiere ser periodista. Tiene un gusto insaciable por la aventura y siempre quiere descubrir la verdad. Alison y Max son un verdadero equipo y, como suele ella recordarle a su amigo: "Si no fuera por mí, seguirías buscándoles canicas perdidas a los niños del jardín infantil".

Leslie Chang

Leslie es una chica estudiosa que siempre saca buenas notas, es dedicada y organizada y siempre está ocupada en algo. Le encanta el chisme y todo el tiempo está dispuesta a compartir información sobre todos los alumnos y profesores de la escuela, por lo que es buena fuente de nuevos datos para Max y Alison… cuando no resulta ser sospechosa.

Úrsula Curtis

Artista competitiva, esta chica de once años con frecuencia pinta con colores brillantes. Si no está pintando flores, es casi seguro que las lleva puestas en la ropa.

Tony DeMatteo

Tony es un atleta consumado. Juega fútbol y tenis y es el capitán del equipo de hockey. Este chico de trece años también tiene su lado sensible y llora en las películas tristes.

Crystal Diallo

Esta chica de trece años es una fanática de los cómics y del manga. Siempre se viste como su heroína, Buffy la Cazavampiros.

Lucas Hajduk

Los *jeans* holgados y la gorra de Lucas son el atuendo que encaja perfectamente con su bicicleta de bicicrós. El no muy inteligente chico de catorce años fue expulsado del colegio Central de Meadows y ahora va al colegio Twindale.

Nanda Kanwar

Nanda siempre tiene los últimos discos compactos y la ropa de moda. Esta guardameta de hockey de doce años no dudaría en echarle la culpa a un amigo o amiga, si eso la mantiene fuera de problemas.

Ben McGintley

Con sus puños del tamaño de unas calabazas, este matón de catorce años siempre está buscando nuevos estómagos para golpear. Por lo general, sus gruñidos y fruncidos de ceño esconden pistas importantes para Max y Alison.

Nicolás Musicco

Nicolás es pequeño para su edad y no es muy atlético. Es seguro de sí mismo, tiene facilidad para hablar y una mente aguda.

Dorothy Pafko

Su padre, que es el conserje de la escuela, la apodó "Dot", que significa "punto" en inglés. Es una genio en ciencias.

Josh "Bronco" Spodek

Se lo conoce simplemente como Bronco, debido a su voz grave. Le encantan los deportes y pescar. Por lo general se le ve pasando el tiempo con su gran amigo Ethan Webster.

Alex Rodríguez

Alex siempre quiere ser el número uno en todo. Tiene doce años y espera hacerse millonario en los próximos diez años. Siempre se viste para alcanzar el éxito.

Ethan Webster

Ethan es el capitán de los equipos de béisbol y básquetbol y el atleta estrella del colegio. Su manera de vestir y su ego son prueba de ello. A veces sus ínfulas lo meten en problemas, pero su rapidez mental ha ayudado a Alison y a Max a resolver casos.

Liam O'Donnell

Liam O'Donnell es el autor de muchos libros para niños y el creador de la serie de Max Finder y de las novelas gráficas *Graphic Guide Adventures*. Además de escribir para niños y niñas, Liam es profesor de primer grado, le gustan los videojuegos y le encanta acampar (no hace todo al mismo tiempo, claro). Vive en Toronto, Canadá. Su página web puede visitarse en www.liamodonnell.com.

Michael Cho

Michael Cho nació en Seúl, Corea del Sur, y se mudó a Canadá cuando tenía seis años. Se graduó del College of Art and Design de Ontario. Sus dibujos y cómics han aparecido en varias publicaciones en Norteamérica. En la actualidad dedica su tiempo a pintar cubiertas de libros, a trabajar en un libro sobre paisajes urbanos y a crear más cómics. Se puede ver su trabajo más reciente en su página web, www.michaelcho.com.